DEDICATÓRIA

Este livro é dedicado a Maria Lucia, minha

eterna namorada, esposa, companheira e

cúmplice e as minhas filhas Deborah e Bárbara

que sempre me apoiaram nessa minha jornada.

AGRADECIMENTOS

Não tenho palavras em como expressar os meus agradecimentos aos meus pais, minha esposa, minhas filhas, meus irmãos e a minha grande família, tios, primos, sobrinhos, cunhadas etc.... Sem o carinho, o apoio e o incentivo irrestrito, não teria conseguido subir os degraus das dificuldades e do sucesso, para chegar no patamar que hoje me encontro.

Tenho também que agradecer a Deus, por ter colocado na minha caminhada pessoas que sempre me ensinaram algo e dividiram comigo bons e maus momentos. Que de alguma forma se tornaram meus irmãos de coração. Aqui menciono apenas alguns deles, pois se fosse enumera-los teria que escrever um novo livro: Francisco Vidal, Antônio Durval da Matta Anaissi, Reinaldo Dias Guimarães, Nelson Alves Rabelo, Vania Rabelo, Nélio da Matta Parreira, Francisco de Paula Ferreira Gomes, Paulo Cesar Resende, Leila Paiter, Rosa Maria Santos.

Também, um agradecimento muito especial aos meus irmãos fraternos e parceiros de luta da PCDF, Márcio Filoco Zanoni, Marcio Ferreira da Silva, Daniel

Henrique Costa de Barros, Lidenberg Rodrigues, Antônio da Silva (Toninho), Manoel Neto e a todos os companheiros de instrutória da APC.

Sei que ainda tenho muito a caminhar, que alguns dessabores virão, mas com certeza com o ombro e a força de todos os meus familiares e amigos não esmorecerei e seguirei.

**"Se você se aborrece
escrevendo, o leitor se
aborrece lendo"**

Gabriel García Márquez

Ao escrever *O Sequestro do Menino de Deus*, Lindoberto Ribeiro o fez com deleite. Capítulos curtos e enxutos nos proporcionam grande prazer a cada página, além de nos levar ao clássico do gênero. Encontramos no arcabouço narrativo de *Menino de Deus – a história de um sequestro*, a presença do **crime**, da **investigação** e do **m alfeito**, que são a base do gênero policial, sem perder o foco na elucidação do crime, tornando o delito algo não compensatório. Isto é o que define o clássico do gênero policial.

S. S. Van Dine nos propõe 20 regras para se escrever um bom romance policial. Ribeiro nos brinda, em seu romance, com algumas delas:

O leitor deve ter oportunidade igual, comparada à do detetive, de solucionar o mistério. As pistas devem ser claramente descritas e enunciadas; nenhum truque ou tapeação proposital deve ser utilizado pelo autor, senão os que tenham sido legitimamente empregados pelo criminoso, contra o detetive; o culpado deve ser encontrado mediante deduções lógicas e não por acidente, coincidência ou confissões, à qual não tenha sido levado forçosamente.

Entretanto, Ribeiro diverge de algumas, como a que diz: *"É preciso que haja apenas um detetive"*, regra de que também discordo, pois Nestor Garcia e Branco Júnior, tais quais Watson e Holmes, Hastings e Poirot, entre outros, se completam e dão maior dinamismo à trama. Em *Menino de Deus – a história de um sequestro*, Nestor e Branco, os detetives particulares, contam com uma equipe de auxiliares especialistas e ainda com uma rede de informantes e colaboradores dentro dos órgãos de segurança estatal.

Em *Menino de Deus*, a agência de Nestor e Branco,

situada na cidade do Rio de Janeiro, é contratada por um milionário americano para descobrir o paradeiro de seu filho James e sua ex-esposa Ketlen que, após se converter a uma seita religiosa, se divorcia de Mr. Jhonson, o milionário, e passa a morar com o filho em uma das colônias da seita, ainda nos Estados Unidos. Entretanto, depois de desigual luta nos tribunais norte-americanos, Ketlen perde a guarda do filho para Mr. Jhonson e foge de forma misteriosa para o Brasil, via Uruguai. Após aceitarem o caso, Nestor e Branco passam a se sentir pressionados, pois pulam dos casos corriqueiros de traições extraconjungais para um de dimensões internacionais. Para aumentar o drama, logo depois de assumirem o trabalho, passam a ser seguidos por um Opala Comodoro de cor preta, fato que deixa os detetives apreensivos.

A trama narrada assume proporções nunca imaginadas pelos detetives, com o envolvimento da Polícia Estadual carioca, Polícia Federal, FBI e até mesmo a CIA, e faz com que os detetives Nestor e Branco, e seus auxiliares, usem de todos os escassos recursos, aliados a perspicácia original do brasileiro, para solucionar o mistério do *Sequestro do Menino de Deus*.

Uma novela policial, que, com certeza, não aborrecerá o leitor.

Boa leitura.

Daniel Barros

Escritor pós-graduado em segurança pública.

SUMÁRIO

MENINO DE DEUS – A história de um sequestro

ROMANCE POLICIAL

Esta é uma obra de ficção. Nomes, personagens, situações e incidentes são produtos da imaginação do autor.

Qualquer semelhança com pessoas reais, vivas ou mortas, localidades e acontecimentos é mera coincidência.

MENINO DE DEUS

A história de um sequestro

I – O Início da Sociedade

Os detetives particulares, Nestor Garcia, um jovem oficial temporário do Exército, casado e estudante de direito e seu sócio Claudio Branco Júnior, um pouco mais jovem que Nestor, também estudante de direito, ambos alunos na mesma faculdade, localizada na zona norte do Rio de Janeiro onde iniciaram sua amizade e posteriormente a sociedade no escritório de investigações particulares e segurança privada. Ambos fizeram um curso de detetive particular por influência do pai de Branco o experiente e renomado investigador Claudio Branco, com quem Branco aprendeu os primeiros passos na área de investigação, com quem trabalhou até este se aposentar, por problemas de saúde, cerca de um ano antes de formar sociedade com Nestor.

Inicialmente trabalhavam sem um endereço fixo, se utilizando apenas de anúncios esporádicos em jornais e usavam o nome de Claudio Branco nestes anúncios. Atendiam aos clientes em seus escritórios ou mesmo em locais públicos, como bibliotecas e restaurantes. Começaram com pequenos serviços de investigação, principalmente adultério. Também faziam pequenos trabalhos de segurança privada aproveitando alguns conhecimentos de empresas indicadas por amigos de faculdade, familiares e por clientes do pai de Branco.

As orientações iniciais do pai de Branco e até mesmo a indicação dos contatos em órgãos de segurança pública e empresas de telefonia, lhes facilitavam a execução dos mais diversos serviços, no entanto se especializaram nos casos extras conjugais, porém não recusavam outros serviços, como a localização de pessoas para empresas de cobranças e recuperação de bens desviados de empresas e até mesmo filmagens, escutas e gravações telefônicas no interior de empresas e residências, onde colocavam equipamentos adquiridos no exterior trazido por encomenda a amigos que viajavam para fora do país.

Nos serviços de segurança, utilizavam-se de militares do quartel onde Nestor trabalhava, aproveitando as horas de folgas destes profissionais.

Logo após a conclusão do curso de detetive particular se filiaram a Associação dos Detetives Particulares, situada na Praça Floriano em plena Cinelândia, bem próximo ao Teatro Municipal e ao pitoresco Bar Amarelinho. Logo após se filiarem a Associação, apoiaram à recondução a presidência da entidade de classe o detetive Ricardo de Freitas, um experiente profissional, mas que já não estava tão atuante devido aos sérios problemas de saúde, em virtude da obesidade. Com o apoio a Freitas formaram uma chapa e junto com ele se tornaram diretores da Associação.

Como a entidade de classe possuía uma sala e telefone (nada mais útil aos dois amigos aproveitarem o trabalho gratuito na associação) e usavam o endereço como referência para anúncios e atendimento aos clientes. Eles se dividiam no atendimento aos associados e clientes, pois ambos tinham outros afazeres. Nestor no Exército, até sua baixa da corporação no final do ano de 1984, durante parte do dia e a noite faculdade. Já Branco, por sua vez tinha um pouco mais de tempo livre, pois a família, pais e irmãos, tinham um comércio de roupas no subúrbio do Rio de Janeiro e conseguia conciliar as suas tarefas junto com o estudo noturno. Durante pouco mais de dois anos conseguiram se sustentar e até mesmo investirem parte dos rendimentos na compra de equipamentos mais modernos e eficazes para o exercício das atividades investigativas, também ampliaram a rede de contatos úteis, em órgãos de segurança pública e outros órgãos governamentais.

Conseguiram, ao longo de dois anos de atuação, formar uma rede de auxiliares freelancers, que consistiam em pessoas de diversas idades, formados também em cursos de investigações particulares, mas que ainda não tinha a estrutura necessária para se aventurarem sozinhos no ramo de investigação. E com isso Nestor e Branco foram treinando e mantendo uma certa "exclusividade" destes profissionais.

Por serem pessoas ainda sem nenhuma experiência profissional naquela área ou até mesmo em outras áreas, estes auxiliares, foram adquirindo confiança e não queriam trabalhar para outros escritórios de investigação por confiarem nos dois detetives, que acabaram se tornando amigos. Estas pessoas a primeira vista, não seriam aceitas como funcionários numa empresa convencional, primeiro por não terem experiência profissional e também pelas suas peculiaridades emocionais e psicológicas. Mas procuravam a associação de detetives para se filiarem e na expectativa de autuarem na profissão. Nestor e Branco lhes ofereciam primeiramente serviços simples e irrelevantes, como forma de teste e depois à medida que ganhavam confiança e entendiam que aquela pessoa poderia alçar "voos" maiores, lhes repassavam serviços mais complexos.

Após um incêndio na sala da Associação dos Detetives Particulares, provocado por curto circuito no aparelho de ar condicionado, os dois amigos resolveram alugar uma mesa em uma empresa especializada na locação de espaços comerciais para pequenas empresas e profissionais liberais, pois a sede da associação iria funcionar provisoriamente no escritório do detetive Freitas, presidente da Associação dos Detetives Particulares.

A empresa de locação de espaços comerciais acabou se tornando cliente dos detetives, na localização de pessoas para cobrança e na localização máquinas e equipamentos locados por esta empresa. Nesta empresa de locação de espaços os detetives tinham toda a estrutura necessária para atendimento de clientes, como telefone, secretária para anotar recados e atender telefone, salas de reunião, fax, etc. A empresa ficava num endereço nobre, em plena Avenida Presidente Vargas, entre a Rua Uruguaiana e a Avenida Rio Branco.

Ficaram neste endereço por pouco mais de um ano, com o crescimento dos negócios e do número de clientes, os dois sócios resolveram alugar uma sala exclusiva para eles, mas que fosse próximo ao antigo endereço. Pois além do número crescente de clientes e de prestadores de serviços, no antigo endereço ficava inviável, uma vez que só tinham locado uma mesa e nem sempre compensava pagar pelo uso da sala de reunião. Depois de algumas pesquisas conseguiram locar uma sala num edifício comercial na Rua da Quitanda esquina com a Avenida Presidente Vargas, bem próximo à igreja da Candelária e a um quarteirão da Avenida Rio Branco. Nesta época Nestor e Branco já haviam se formado na faculdade e já possuíam inscrição na OAB, o que facilitava algumas atividades nas áreas em que atuavam.

Com o passar do tempo foram reforçando o nome na praça e conseguiam se manter exclusivamente dos serviços contratados pelos mais diversos clientes, sendo que alguns deles lhes garantiriam as despesas fixas do escritório, pois eram empresas que contratavam os serviços dos detetives para a localização de pessoas, recuperação de bens financiados e não pagos, principalmente veículos e serviços de segurança. Mas a grande fonte de renda ainda era as investigações de casos extras conjugais.

Como agora tinham um novo endereço, criaram uma microempresa de investigações particulares e segurança privada e com isso poderiam investir em outros meios de comunicação para a divulgação dos serviços, como anúncios diários nos jornais de grande circulação, nas "Páginas Amarelas", publicação comercial, especializada na divulgação dos serviços de profissionais liberais e demais comércios. Também periodicamente, contratavam a veiculação de anúncios em rádios e revistas diversas. Com a criação da microempresa poderiam emitir notas fiscais para as empresas que contratavam os serviços da empresa de

Nestor e Branco, o que era uma exigência quase que constante em algumas delas.

Conseguiram também, formar uma equipe de profissionais freelancers, cada um com características diferentes e peculiares, o que facilitava direcionar cada auxiliar para os serviços onde eles poderiam desempenhar suas tarefas de maneira mais eficiente.

Os auxiliares de Nestor e Branco eram em sua grande maioria pitoresca, sendo David, o falador mulherengo e contador de histórias; Marciano, o cearense esperto; Ferreira, o engenheiro e expert em telefonia; Laura, a "faz tudo" e a dissimulada; Gonçalves, o fotografo; e Raimundo, a quem todos chamavam de "Itaguaí", por residir naquela cidade do interior do Rio de Janeiro, e por ser um pouco obtuso era utilizado apenas em casos muito específicos e de segurança. Essas pessoas não tinham vínculo direto com os dois detetives, pois também, trabalhavam para outros escritórios de investigação, com exceção de Raimundo "Itaguaí", que era uma pessoa de extrema confiança de Nestor e Branco, considerado "pau para toda obra", desde que supervisionado.

Raimundo com o tempo foi se tornando uma espécie de supervisor de segurança, pois o escritório conseguiu alguns postos de vigilância para uma construtora que possuía diversos terrenos vazios e prédios recém-construídos e necessitavam de segurança patrimonial até a entrega dos mesmos para os moradores. Nos terrenos vazios, como ficavam em áreas próximas as comunidades carentes do Rio de Janeiro, estavam sempre sujeitas a invasões e necessitavam de vigias para tentar inibir as ocupações irregulares.

O Raimundo "Itaguaí" cumpria suas tarefas na supervisão dos postos de vigilância com maestria, pois conseguia resolver todos os problemas mais urgentes dos vigias e seguranças, no tocante a faltas, trocas de escalas e troca de postos. Ficando a cargo de Nestor e Branco o recrutamento e seleção do pessoal envolvido na segurança patrimonial.

Para a comunicação entre os detetives e seus auxiliares eles se utilizavam inicialmente de "Bips", aparelho portátil que emitia um sinal de alerta ao usuário e este ligava para uma central e recebia os recados. Posteriormente, com a evolução da tecnologia, Nestor e Branco, passaram a utilizar os aparelhos conhecidos como "Pager", que eram aparelhos capazes de receber pequenas mensagens de texto recebidas pela central de telemensagem. Este tipo de comunicação era de suma importância para eles, pois facilitava em muito os trabalhos de campo.

II – O Contato Inicial

Em meados de janeiro de 1988, logo após chegarem do almoço, Nestor e Branco, receberam um telefonema no escritório, do outro lado da linha uma voz com sotaque inglês, a pessoa não se identificou, apenas falou que estava ligando a pedido de Mr. Jhonson Cabester que o mesmo desejava uma entrevista de trabalho com eles no Hotel Othon Aeroporto, situado na Av. Beira Mar, esquina com a Av. Pres. Antônio Carlos. O interlocutor perguntou ainda se eles falavam inglês, Branco que estava ao telefone disse que sim, mas que tinham na sua equipe pessoas fluentes em inglês. O encontro foi marcado para o final da tarde daquele mesmo dia ensolarado de janeiro.

Nestor e Branco experiente em trotes muito comuns na área que atuavam, logo perceberam que o assunto não se tratava de brincadeira, pois durante a curta conversa com o interlocutor anônimo, fizeram algumas perguntas pelo telefone que foi colocado na função viva voz, e as respostas foram bem convincentes.

De imediato Nestor fez contato com Inês, sua amiga de longa data, que falava fluentemente inglês, francês e espanhol, muito diferente dos dois detetives que apenas conheciam o básico da língua inglesa.

Ao chegarem à recepção do hotel perguntaram pelo Mr. Jhonson Cabester e o recepcionista os levou até o restaurante do hotel onde numa mesa no fundo do salão se encontrava um homem alto, de pele bem clara, cabelos castanhos claro, magro e que aparentava uns quarenta anos de idade.

Após se apresentarem, Mr. Jhonson, disse ser um empresário bem-sucedido na área de construção e reforma de casas, nos Estados Unidos. Ele fez diversas perguntas sobre a experiência dos detetives, que foram prontamente respondidas e aparentemente o agradaram as respostas e o breve currículo descrito com a ajuda de Inês.

Neste momento Mr. Jhonson passou a lhes contar o motivo do contato, dizendo que fora casado com uma brasileira que possuía dupla cidadania e após dez anos de casados e de terem um filho, James Castro Cabester, se divorciaram há dois anos atrás, quando ela se converteu a uma seita religiosa denominada inicialmente como *"Meninos de Deus"*, surgida em Huntington Beach na Califórnia, no ano de 1968, estado onde residiam na cidade de Redwood City, próximo a San Francisco.

Que Ketlen Castro Cabester passou a viver em "colônias", local onde os seguidores da seita moravam e se dedicavam a difundir os ensinamentos por eles preconizados, primeiramente na cidade de Mesa, no Arizona e depois em Boca Ratón, na Flórida.

Posteriormente a seita passou a se chamar "A Família do Amor" e atualmente se chamava simplesmente "A Família". Ketlen, depois de alguns meses vivendo na "colônia" de Boca Ratón, parou de se comunicar com os familiares, tendo Jhonson descoberto que ela havia retornado ao Brasil, junto com o filho do casal em desobediência a uma determinação da justiça americana, que havia dado a guarda do menino ao pai, após uma intensa batalha judicial.

Descobriu também que ela e o filho estariam residindo no Rio de Janeiro. Mr. Jhonson Cabester queria contratá-los para localizar Ketlen e James e requerer junto à justiça brasileira o cumprimento da ordem judicial da justiça americana.

Após analisarem os documentos apresentados por Mr. Jhonson e também as fotos da ex-esposa e do filho, Nestor e Branco disseram à Jhonson que precisavam averiguar algumas informações fornecidas e fazer alguns levantamentos preliminares para depois decidirem se aceitariam o caso, pois envolvia órgãos da justiça americana e brasileira. Os argumentos foram aceitos por Jhonson e marcaram um novo encontro para dois dias após, naquele mesmo local no final da tarde para conversarem.

As 48 horas seguintes foram extremamente intensas para os dois detetives, pois logo após saírem do hotel e se despedirem de Inês, começaram a acionar seus contatos nos mais diversos órgãos: polícia civil, federal, funcionários do judiciário, da receita federal e do ministério das relações exteriores, na busca de algumas informações e na confirmação dos dados fornecidos por Mr. Jhonson e também para se orientarem com profissionais mais experientes naqueles assuntos.

Também consultaram um antigo professor de direito internacional, da época de faculdade, Aguilar Baumgarten, pois o mesmo era promotor público federal e com certeza poderia lhes orientar sobre possíveis atos ilegais que deveriam evitar. Aguilar um profissional aplicado e uma pessoa muito simpática e brincalhona, tranquilizou os dois amigos, apenas alertou-os para procurarem fazer tudo dentro da legalidade. E se possível, deveriam tentar confirmar algumas das informações fornecidas no consulado americano, mas disse que isso seria praticamente impossível, pois os consulados americanos e as respectivas embaixadas não costumavam fornecer informações sobre cidadãos americanos, mesmo os de dupla cidadania. Os dois detetives agradeceram as orientações de Aguilar e brincaram com ele dizendo que caso fossem presos por conta do caso iriam pedir para ele orientar o advogado deles.

No dia marcado para o encontro e de posse de todas as orientações, informações e respostas obtidas nos contatos com os informantes e demais interlocutores, Nestor e Branco resolveram seguir a pé para o hotel onde encontrariam Jhonson, com cerca de 1.500 metros de distância do escritório dos detetives, para melhor planejarem a estratégia nas buscas daquelas pessoas e também nos valores a serem cobrados.

Durante a caminhada, Nestor perguntou a Branco se ele havia percebido algo estranho durante o trajeto casa/trabalho, nos dias anteriores, logo após conversarem com Mr. Jhonson. Pois ele, Nestor, notou que ao chegar em sua casa na noite seguinte do encontro com Mr. Jhonson percebeu uma movimentação estranha de um veículo, na esquina de sua rua e que havia visto o mesmo veículo na manhã seguinte, próximo ao prédio onde trabalhavam.

Branco relatou que também teve a mesma impressão de estar sendo seguido quando saiu do prédio da Polícia Federal, na Praça Mauá, na noite anterior, após conversar com o amigo Dr. Paulo Resende, que ali trabalhava. Disse que seguia em direção à estação do metrô, no trajeto, ao parar numa lanchonete e depois numa banca de jornal para comprar uma revista, achou muito estranho ter visto dois homens nos mesmos locais, mas que não se atentou para o fato deles estarem lhe seguindo, por ser centro da cidade e também por conta do horário de rush. Branco confidenciou que só desfez essa suspeita ao descer na estação Maracanã onde se encontrou com Reinaldo, inspetor de polícia, que ficou de fazer algumas pesquisas e queria lhe falar pessoalmente sobre outros assuntos.

Na porta do hotel, Inês já estava à espera dos detetives e juntos entraram e foram informados na recepção do hotel que Mr. Jhonson Cabester estaria lhes aguardando no quarto 302 que eles poderiam subir, pois já eram aguardados. Após conversarem por cerca de uma hora, trocando informações e negociando os termos da prestação dos serviços, todos se despediram. Os detetives ficaram de iniciar os serviços imediatamente e que os contatos seriam feitos via telefone e pessoalmente sempre que houvesse alguma informação nova.

Ficou também combinado que as entregas dos relatórios seriam feitas periodicamente e na língua portuguesa, mas se fosse necessário, poderiam entregar os relatórios em inglês, no entanto estes demorariam um pouco mais para serem entregues, pois ficariam a cargo de Inês traduzi-los.

Os dois detetives rumaram para o escritório, antes, pagaram pelos serviços de Inês, com o dinheiro recebido como adiantamento das despesas. Estavam eufóricos e ao mesmo tempo apreensivos com o novo desafio. Eles, vislumbravam a possibilidade de ampliarem seu leque de serviços e clientes, bem como, percebiam uma oportunidade de colocarem em prática todo o conhecimento e experiência adquirida ao longo daqueles anos, que atuavam junto. E também, a expectativa de ganharem uma boa quantia em dinheiro com aquele serviço.

III – O Primeiro Dia

Nestor e Branco permaneceram no escritório traçando as estratégias de execução do serviço até pouco antes da meia noite.

Ao descerem do prédio (as ruas próximas já estavam bem desertas) para verificarem se realmente estavam sendo seguidos, os detetives seguiram a pé até a proximidade da Praça Quinze, embora tivessem uma vaga cativa num estacionamento privado nas proximidades do escritório, depois rumaram até o Edifício Garagem Menezes Cortes, onde subiram de elevador ao quinto andar e desceram pelas escadas de incêndio e se posicionaram no interior de um boteco que ainda estava aberto. De lá, puderam perceber que próximo a uma das saídas do edifício garagem, o mesmo veículo que estava na esquina da casa de Nestor. No interior do automóvel, um homem branco falando num rádio portátil e logo depois chegou um segundo homem alto e branco que entrou no veículo e após cerca de meia hora ali estacionados saíram do local.

Anotaram a placa do veículo, um Opala Comodoro quatro portas, na cor preta, e fariam as pesquisas de propriedade depois, junto com amigos da área de segurança pública.

Na manhã seguinte rumaram para a checagem dos endereços obtidos com Mr. Jhonson. Foram dois dias de buscas e entrevistas com diversas pessoas. Usaram para isto os mais diversos disfarces e tipos de abordagens, ora como pesquisadores do IBOPE (Instituto Brasileiro de Opinião, Pesquisa e Estatística), ora como jornalistas, com o pretexto de fazerem uma pesquisa, uma reportagem e ora como entregadores, de uma suposta encomenda. No entanto, em nenhum dos endereços informados e verificados tiveram sucesso, ou eram lotes vazios ou lojas comerciais.

No retorno ao escritório, do segundo dia de trabalhos, havia um recado de Jhonson querendo velos com urgência, desta vez o local do encontro foi marcado num restaurante existente no Aeroporto Santos Dumont, também próximo ao hotel onde ele estava hospedado.

Quando chegaram ao restaurante, numa mesa de canto, Mr. Jhonson já os aguardava e depois dos cumprimentos iniciais, receberam das mãos de Jhonson um envelope pardo e nele continha alguns outros endereços. Indagado sobre como obtivera aquelas informações e as anteriores, Jhonson apenas disse que não poderia, naquele momento, indicar sua fonte, mas que as informações eram confiáveis.

Branco demonstrando estar brabo, retrucou, dizendo que os endereços passados anteriormente por ele eram todos "furados". Pois, ou eram lotes vazios ou lojas comerciais, Jhonson com seu português "sofrível", disse que já sabia, mas queria saber se realmente eles não estariam lhe enganando.

Nestor e Branco se entreolharam e após um sinal que usavam normalmente, ficaram calados, disseram apenas que caso ele não confiasse neles, não continuariam prestando os serviços contratados, que não poderiam perder tempo verificando informações "frias".

Jhonson, um pouco constrangido, pediu desculpas, misturando inglês com "portunhol", mas garantiu que daquele dia em diante não mais passaria informações que não fossem realmente confiáveis, que eles haviam demonstrado o caráter profissional que ele procurava. Confidenciou que já havia contratado anteriormente dois escritórios de investigação e eles não demonstraram serem profissionais sérios como ele almejava.

Ainda no restaurante ao analisarem um dos endereços perceberam que um deles era do interior do Rio de Janeiro, no Distrito de Visconde de Mauá, na divisa do Rio de Janeiro com Minas Gerais, local conhecido por ser um recanto de hippies e de pessoas com hábitos alternativos, muito semelhantes com os adeptos da seita "Meninos de Deus". No envelope também havia uma foto mais recente de Ketlen e James, que agora estaria com cerca de cinco anos de idade. Jhonson disse que queria ir com eles até Visconde de Mauá, pois poderia reconhecer melhor o filho e a ex-esposa, caso eles estivessem por lá. Nestor e Branco não permitiram que Jhonson fosse com eles, pois queriam fazer os levantamentos iniciais naquela comunidade sozinhos e caso necessário levariam Jhonson até lá.

Nestor perguntou a Jhonson se ele tinha conhecimento que Ketlen e James tinham chegado ao Brasil em maio de 1987 e que haviam desembarcado no Aeroporto do

Galeão, vindos do Uruguai. E se ele sabia, por que havia omitido tal informação?

Jhonson disse ter pensado que aquela informação não seria relevante para eles. Nestor lhe falou que toda e qualquer informação, por mais banal que fosse, poderia ser muito importante nas investigações e nas buscas de Ketlen e James.

Os dois detetives apresentaram os valores gastos nos últimos dias de serviço e conforme haviam combinado anteriormente, periodicamente seriam ressarcidos destas despesas, além é claro dos honorários acertados. Jhonson passou rapidamente a vista nas despesas apresentadas e nos honorários devidos e pegou na sua mochila uma pequena calculadora fez a conversão para a moeda americana e logo depois pegou um maço de dólares contou e repassou para eles conferirem.

Logo após saírem do aeroporto, Nestor e Branco passaram numa casa de câmbio para trocarem alguns dólares. Também passaram numa locadora de carros, onde alugaram um veículo 4x4.

IV – *Visconde de Mauá*

No dia seguinte, após pegarem o veículo alugado com tração 4x4 rumaram para Visconde de Mauá/RJ, uma vez que o acesso àquela localidade era por estrada de chão.

No trajeto de quase 200 km os detetives ficaram se indagando sobre o Opala Comodoro e seus ocupantes, vistos anteriormente nas proximidades do Edifício Garagem Menezes Cortes e na rua de Nestor e qual seria o propósito deles em segui-los. Divagaram sobre diversas possibilidades, inclusive a de Mr. Jhonson ter contratado outro escritório de investigação, para acompanhar as atividades deles.

Antes de subirem a serra com destino a Visconde de Mauá, pararam na cidade de Resende e foram à delegacia policial conversar com um amigo e depois passaram na AMAN (Academia Militar das Agulhas Negras) onde Nestor conversou com um ex-companheiro de caserna, que agora servia naquela academia, no serviço de informações – S2.

Em ambos os locais, tentaram levantar informações sobre a existência de uma comunidade religiosa semelhante aos "Meninos de Deus", na região de Resende, Penedo e Visconde de Mauá. Os amigos com quem falaram em nada puderam ajudar, pois não tinham, nenhuma informação sobre o que eles procuravam, mas ficaram de fazer contato caso descobrissem algo.

A chegada em Visconde de Mauá foi ao final do dia, os detetives tiveram tempo apenas para se hospedarem numa pequena pousada e jantarem num restaurante junto à pousada. Na manhã seguinte em conversas com os proprietários da pousada, indagaram sobre a vida na localidade e os principais pontos turísticos para se conhecer, pois pretendiam passar alguns dias desfrutando da região.

Começaram então a fazer os levantamentos velados na região, percorrendo os diversos lugarejos próximos ali existentes, agindo como se fossem dois jovens turistas, em busca de prazeres e emoções "diferentes". Fizeram amizades com alguns comerciantes e guias turísticos, mas não conseguiram nenhuma informação sobre a existência de uma "colônia" da seita naquela localidade, apenas hippies e esotéricos.

Visitaram também algumas comunidades alternativas que ali existiam, inclusive uma comunidade "Hare Krishna". Seita semelhante aos "Meninos de Deus", mas nenhuma delas era o que eles procuravam. Na visita a comunidade "Hare Krishna" onde almoçaram uma comida mista de macrobiótica e vegetariana. Em conversa com um dos líderes da comunidade, Sarthan, um brasileiro, oriundo do movimento hippie dos anos 60, cujo nome verdadeiro era Geraldo Magalhães, aproveitaram a oportunidade e tocaram no assunto "Meninos de Deus", e da possível existência de uma "colônia" daquela seita nas redondezas de Visconde de Mauá.

Sartan lhes disse que em Maromba, uma vila próxima a Visconde de Mauá, havia um grupo, num sítio, e segundo boatos dos moradores, seguiam a doutrina dos "Meninos de Deus" e que eles, os "Hare Krishna", não os viam com bons olhos, pois eles difundiam a sexualidade, principalmente a infantil. No entanto, tal grupo já havia se mudado daquela localidade no ano anterior, não sabendo para onde eles poderiam ter ido.

Sarthan indicou o local onde ficava o sítio, onde o grupo residia, chegando lá eles perceberam que o local estava abandonado e o mato tomava conta de toda a área externa do sítio. Nestor e Branco entraram na propriedade pulando o portão da entrada do sítio e seguiram até a casa principal que estava sem portas e janelas, provavelmente haviam sido furtadas. No interior da casa não havia nenhum móvel e realmente tinha a aparência de estar a muito tempo abandonada.

Depois das investidas infrutíferas em Visconde de Mauá, os dois amigos retornaram para o Rio de Janeiro desanimados, pois acreditavam que conseguiriam algum sucesso naquela viagem.

Ao retornarem à cidade do Rio de Janeiro vindos de Visconde Mauá, receberam a informação de um dos seus informantes que Jhonson entrou no Brasil também pela fronteira do Uruguai via terrestre num veículo da embaixada americana daquele país.

Resolveram manter está informação com eles e a usarem somente num momento oportuno. Convocaram Jhonson para um encontro no escritório deles, onde apresentariam um relatório parcial dos levantamentos, feitos até aquele momento.

Também receberam a resposta sobre a placa do Opala Comodoro, o mesmo estava usando uma placa "fria" (não cadastrada), muito utilizada pelos órgãos de segurança pública. Esta informação deixou os detetives ainda mais intrigados com a situação, pois não tinham a mínima ideia do que estava acontecendo ao redor daquele serviço de investigação.

Diante disto, resolveram se precaver ainda mais nas suas andanças e levantamentos, pois poderiam estar se envolvendo em algo muito maior do que eles imaginavam.

Passaram então a adotar medidas de contra vigilância, utilizando alguns de seus auxiliares freelancers, para acompanhá-los a distância, verificando se estavam sendo seguidos e passaram a fazer percursos diferentes todos os dias no trajeto casa/trabalho/casa e nas caminhadas pelo centro da cidade, usariam de diversos subterfúgios, pegando taxi descendo 2 ou 3 quarteirões depois, pegando ônibus e descendo logo em seguida e retornando ao ponto inicial, para tentar confundir aquelas pessoas que supostamente estariam vigiando seus passos.

Quando Mr. Jhonson chegou ao escritório dos detetives, de imediato, Nestor e Branco lhe entregaram o relatório da viagem à Visconde de Mauá, lhe tiraram todas as dúvidas. Ele também ficou um tanto decepcionado com a não existência da suposta "colônia" na região de Visconde de Mauá. Pois segundo as informações repassadas aos detetives haveria grandes possibilidades da existência de uma "colônia" naquele local.

V – Jardim América

O outro endereço informado no dia do restaurante no aeroporto era de uma casa no bairro Jardim América, no subúrbio do Rio de Janeiro, um pequeno bairro residencial, localizado no entroncamento entre a Av. Brasil com a Rodovia Presidente Dutra.

Depois da frustração de Visconde de Mauá os três não tinham muita esperança neste novo endereço, mas Nestor e Branco resolveram verificar assim mesmo o local e depois traçar a melhor estratégia para campanarem o endereço, caso a verificação resultasse em algo positivo.

Como era véspera do feriadão de carnaval, Nestor e Branco, combinaram que no sábado pela manhã iriam até o endereço no Jardim América e fariam os primeiros levantamentos.

Na manhã seguinte, chegaram ao local por volta das 10:00 horas e verificaram que a residência ficava numa rua pouco movimentada e a casa era um sobrado que ficava nos fundos do lote, na frente do mesmo existia um pequeno galpão, tipo garagem e o terreno ficava praticamente no meio da rua, entre as duas esquinas de acesso à rua. Em uma das esquinas havia uma padaria, um bar, um açougue, um salão de beleza e um pequeno armarinho.

Eles ficaram algum tempo pelo comércio, se sentaram numa das mesas do bar, ficaram tomando uma cerveja e puxaram conversa com alguns dos demais frequentadores do bar. Nestor combinou com Branco que iria passar bem próximo ao endereço, para tentar visualizar alguma coisa ou mesmo um contato com vizinhos. Enquanto Branco ficou no bar jogando sinuca, com um senhor que lhe convidou para uma partida.

Nestor saiu sorrateiramente e passou a caminhar em direção da casa, onde supostamente poderia ser uma "colônia" da seita "Meninos de Deus". Ao se aproximar do endereço percebeu que na casa em frente ao endereço alvo, havia uma placa com os seguintes dizeres "aluga-se quartos para solteiros".

Nestor percebeu que aquilo, poderia ser uma deixa para se aproximar dos vizinhos, sem levantar suspeitas e com a desculpa de pedir informações sobre o aluguel dos quartos, poderia iniciar uma conversa, para tentar obter informações sobre os moradores da casa em frente. Ao retornar do final da rua passou caminhando pela calçada onde havia a placa de aluga-se, bem próximo ao portão, notou que uma senhora estava na frente da casa, conversando com a vizinha da residência ao lado. Nestor se aproximou e perguntou sobre o quarto para alugar. Nisto, iniciou uma conversa com as duas mulheres, conversando sobre a vizinhança e que ele tinha um colega de trabalho que estava procurando exatamente um quarto para alugar naquele bairro, pois, a empresa onde trabalhavam ficava ali próximo, no distrito industrial.

A proprietária do imóvel, onde havia os quartos para alugar se chamava Ivonete, essa lhe mostrou os dois cômodos que ainda tinha disponível, pois um terceiro já estava alugado. A entrada para os quartos era independente e possuíam banheiros privativos. Ivonete falou, ainda, que os vizinhos eram todos moradores antigos, com exceção do lote em frente à casa dela, pois ali residia um grupo de homens, mulheres e crianças, todos aparentando serem estrangeiros e que pouco saiam de casa e quase nunca, conversavam com os vizinhos, eles estariam morando ali a pouco mais de 1 ano. Nestor pegou o telefone de contato de Ivonete, dizendo que seu amigo David, iria lhe procurar para tratar do aluguel do quarto.

Ao retornar ao bar, onde Branco se encontrava, Nestor, contou sobre o quarto para alugar e da ideia que lhe ocorrera, infiltrar naquele local a pessoa de David, detetive que os auxiliava em algumas ocasiões.

David Mendonça, um jovem negro muito falante, que possuía o ensino médio incompleto e trabalhava como vigilante noturno, numa empresa de seguros no centro da cidade do Rio de Janeiro e nas suas horas de folga atuava como detetive particular freelancer.

David, conheceu Nestor e Branco, quando eles ainda eram diretores da Associação de Detetives Particulares, onde se filiou, logo assim que fez o curso de detetive particular. Quando começou a prestar serviços para Nestor e Branco sem nenhuma experiência profissional na área de investigação, foi sendo orientado por eles e ganhando experiência com os serviços, que inicialmente, sempre estava em companhia de um dos dois detetives. Por ser muito observador e ter muita vontade de aprender sempre queria ouvir a opinião dos mais experientes.

Pela sua aparência simples não iria despertar muita atenção no bairro do Jardim América, passando-se por um trabalhador normal, que trabalhava a noite numa indústria, que ficava próximo ao bairro, por ser muito falante poderia fazer perguntas e se entrosar com os vizinhos do local, onde provavelmente existiria uma "colônia" da seita "Meninos de Deus".

Com a história de cobertura pronta e bem treinada por David, com a orientação de Nestor e Branco, ele fez contato telefônico com a senhora Ivonete, proprietária do imóvel, com quartos para alugar no bairro do Jardim América, depois num contato pessoal e em companhia de Nestor, foram até o local, lá acertaram todos os detalhes da locação do quarto. Tendo inclusive pago adiantado um mês de aluguel. Disse, que teria pressa de mudar para o local, pois estava morando de favor na casa de um amigo num bairro muito distante do trabalho.

David, mudou-se para o quarto no dia seguinte, uma terça-feira de carnaval, ideal para ele começar a se entrosar com o local e iniciar sua tarefa de vigiar e apurar todos os detalhes possíveis sobre os moradores da casa em frente, aonde havia alugado o quarto. Por trabalhar a noite, poderia ficar boa parte do dia, especulando nas redondezas e passar despercebido.

Os relatórios verbais de David eram sempre precedidos pelos jargões por ele utilizados;

- "sincera e honestamente, sou franco lhe dizer é o tal fator...", e após pronunciar estes jargões, começava a relatar o que havia observado ou mesmo feito durante os serviços, que lhe eram designados, por Nestor e Branco.

Nos primeiros dias, David não conseguiu ver nenhuma movimentação anormal na casa, com exceção, de um homem de aproximadamente 35 anos, cerca de 1,80m, corpo atlético, cabelos na altura dos ombros e de cavanhaque, que saía quase todos dias pela manhã, por volta das 09 horas numa pick-up D-20, cabine dupla, na cor bege e retornava cerca de 2 horas depois. Mas todos os dias antes de sair com o carro colocava sacos de lixo numa lixeira que ficava em frente à casa. Os demais moradores da casa vigiada, ainda não haviam sidos vistos por David.

A placa da pick-up foi checada, constava como proprietária, uma empresa de consultoria empresarial, cujo endereço, era numa sala no bairro de Copacabana, mas segundo as informações e levantamentos feitos por Nestor e Branco, esta empresa não funcionava mais naquele endereço e havia sido desativada em 1985 e que os dois sócios daquela empresa faleceram no mesmo ano num acidente aéreo no interior de São Paulo.

Logo após o carnaval, Jhonson comunicou aos detetives que teria que retornar aos Estados Unidos, para resolver alguns assuntos profissionais, mas que retornaria duas semanas depois. Pediu para que eles continuassem a se empenhar nas investigações, principalmente na casa do Jardim América. Jhonson lhes adiantou dinheiro para despesas e honorários referentes há um mês, disse ainda, que ao retornar, cobriria quaisquer outras despesas a mais que eles tivessem, durante a sua ausência do Brasil.

No segundo final de semana, após David ter se mudado para o bairro do Jardim América, a rotina do homem de cavanhaque da casa em vigilância se alterou, pois ele saiu mais cedo, por volta das 06 horas da manhã, horário em que David ainda não tinha chegado do trabalho. Ele só percebeu o motorista da D-20 chegando em companhia de mais duas mulheres por volta de 17 horas. Uma das mulheres desceu do veículo e abriu o portão para entrarem na garagem da casa.

Nestor e Branco resolveram então colocar em ação os serviços de Marciano e Gonçalves, que teriam a tarefa de seguir de moto o condutor da D-20 e fazer algumas fotografias e com isto traçar novas estratégias para prosseguirem nas investigações.

Marciano e Gonçalves chegaram a esquina da rua por volta das 07 horas da manhã e se posicionaram em frente a padaria, onde tomaram café e ficaram aguardando a saída da D-20. Por voltas das 10 horas o portão da casa vigiada se abriu e o veículo saiu da garagem passando bem em frente onde se encontrava Marciano e Gonçalves.

Eles começaram a seguir a D-20, que pegou a Avenida Brasil, sentido zona oeste, Marciano e Gonçalves, mantinham uma distância razoável, de modo a não eram percebidos pelo motorista da Pick-up. Ao chegar próximo a CEASA (Central Abastecimento) o veículo entrou naquele centro de distribuição e comercialização de produtos hortifrutigranjeiros, tendo estacionado próximo a um dos galpões ali existentes. O motorista estava sozinho no veículo, percorreu alguns estabelecimentos e conversava com os comerciantes dos boxes. Após esses contatos nos boxes, contratou o serviço de um "burro sem rabo", transportadores autônomos que carregavam as mercadorias até os veículos numa carroça estreita e longa, muito comum nos locais de comércio atacadista.

O homem começou a passar nos boxes onde havia estado anteriormente e junto com o carregador colocava caixas de produtos na carroça. Os produtos adquiridos eram frutas, legumes e verduras. Logo após sair da CEASA o veículo seguiu em direção a um açougue no Bairro de Irajá, onde também foram feitas algumas compras. Gonçalves conseguiu tirar algumas fotos com seu equipamento sem ser percebido, pois utilizava lentes profissionais e de tamanho discreto. Ao sair do açougue a D-20 retornou para o bairro do Jardim América e não mais saiu do endereço vigiado pelos detetives.

Nos dias seguintes, praticamente a rotina do condutor da D-20 não se alterou, com exceção de apenas um dia ele foi até uma agência bancária no bairro de São Cristóvão, ficando lá por cerca de uma hora. No sábado pela manhã Marciano e Gonçalves de motocicleta, Nestor e Branco de carro, chegaram ao local bem cedo, por volta das 5 horas da manhã e cerca de duas horas depois a camionete saiu do endereço, no interior da mesma estavam além do motorista, duas mulheres. Eles foram direto para a CEASA, onde permaneceram fazendo compras por cerca de duas horas.

Ao saírem da CEASA, seguiram pela Avenida Brasil até a entrada da Rodovia Washington Luís, BR 040, também conhecida como Rio - Petrópolis, e depois seguiram em direção a cidade de Magé, cerca de 50 km de distância da CEASA. Durante o trajeto os detetives mantinham uma distância bem grande, para não serem percebidos, mas conseguiam visualizar a D-20.

Próximo à entrada de Magé, a pick-up seguiu por uma estrada secundária até o portão de um sítio, com um muro bem alto e longo, cerca de 100 metros de frente. Por ser um local de pouco movimento os detetives não puderam se aproximar para tirar fotos quando o portão foi aberto para a D-20 entrar. Aquela localidade era predominantemente rural, com muitos sítios e pouco comércio o que dificultava os levantamentos iniciais.

VI – O Sítio em Magé

Os detetives pararam num botequim não muito longe do sítio e ficaram ali conversando entre si a espera de qualquer movimentação e também para se organizarem na busca de informações sobre o sítio onde o veículo entrou. Marciano e Gonçalves ficaram no bar, enquanto Nestor e Branco saíram com o carro para fazerem um reconhecimento da área, pois possivelmente teriam que fazer campanas e filmagens. O endereço naquela localidade do município de Magé/RJ era na área rural da cidade. Ao passarem em frente ao portão principal do sítio visualizaram uma placa de madeira rústica, entalhada com o nome "Lar do Novo Jesus".

Eles rodaram por diversas ruas próximas ao sítio e conseguiram chegar até a rua dos fundos da propriedade em questão, uma rua de barro batido, com poucas casas e de áreas também imensas. Resolveram tentar um contato com alguns moradores e sondar sobre sítio onde a D-20 estava. Na rua da frente do sítio, bem próximo a este, pararam o veículo e simularam uma pane mecânica. Logo depois, Nestor foi até o portão de uma casa próxima, que também era um sítio, bem em frente onde haviam parado, pediu para o senhor, que veio até o portão, um pouco de água para colocar no radiador, dizendo que o mesmo havia "fervido".

Um senhor muito solícito foi até o interior da sua chácara e retornou com um galão cheio de água e entregou a Nestor, que chamou Branco para pegar o galão e levar até o carro, enquanto Nestor puxava uma conversa com este senhor, que se chamada Miguel, que por sua vez também gostava de conversar e contar prosas. Nestor começou tratando de amenidades sobre o local, que o mesmo era pacato e estaria procurando para comprar ou alugar um sítio para passar os finais de semana com a família e receber amigos.

Miguel comentou com Nestor que ele não saberia informar sobre algum sítio para vender ou mesmo alugar naquela localidade. Nestor aproveitou para comentar sobre o muro grande da propriedade um pouco mais à frente da casa de Miguel. Perguntou se ali morava algum magnata, pois o muro era muito alto e fechado, se vendo apenas os coqueiros que faziam uma fila na parte interna daquela chácara. Miguel disse que no sítio denominado "Lar do Novo Jesus", viviam algumas pessoas, que pouco saíam do local e apenas um senhor da cidade trabalhava lá como jardineiro e ele não falava com ninguém sobre as pessoas que residiam no local, apenas comentava que eles eram "esquisitos" e que havia várias crianças vivendo no sítio e que eles só falavam entre si em inglês.

Miguel contou ainda que o sítio pertencia a um casal de portugueses, que ali moraram por muitos anos, mas que agora estavam residindo em Lisboa e o local havia sido alugado a pouco mais de dois anos, quando então colocaram no portão de entrada do sítio a madeira com o nome atual.

Após a conversa com Miguel, Nestor e Branco resolveram explorar novamente a rua dos fundos da chácara, para tentarem achar um local para que propiciasse uma visão do interior do sítio. Depois de percorrerem a rua dos fundos com o veículo em que estavam e a pé, visualizaram bem nos fundos da propriedade a ser vigiada, uma casa que parecia estar abandonada, que ficava numa encosta, num plano mais alto que o muro do sítio, entre algumas árvores.

Nesta casa abandonada, cujo acesso pela rua de barro batido se dava por uma escada de alvenaria com cerca de cinquenta degraus, sendo que alguns estavam bastante danificados, o que dificultava um pouco o acesso até a porta de entrada do imóvel. Nestor e Branco subiram com cuidado, evitando fazer barulho. Quase no final da escada, uma árvore caída de porte médio impedia o acesso direto a casa, eles foram obrigados a seguir o restante do caminho por entre as árvores do quintal do imóvel até chegarem ao interior da mesma.

O casaréu era bem construído e apesar de estar abandonado, percebia-se que os materiais empregados na construção e acabamento eram de qualidade. As portas e janelas eram todas de madeiras maciças, embora algumas estivessem faltando, provavelmente haviam sido furtadas ou retiradas pelo proprietário da casa. Não havia móveis no interior da casa, apenas restos de jornais, muitas guimbas de cigarros e vestígios de pequenas fogueiras.

Da porta da sala que dava para uma pequena varanda, que ficava de frente para a rua de barro batido e para o muro dos fundos da chácara onde estava a D-20, dali se tinha uma boa visão para o interior do sítio, por entre as árvores da casa abandonada. Para eles aquele local era o ideal para fazerem as campanas e demais tarefas, como filmagens e fotografias das pessoas que estavam no interior do sítio.

No entanto eles teriam que achar um local adequado para deixarem o carro sem chamar atenção dos moradores da rua de barro batido, bem como teriam que agir de maneira bastante velada para não serem descoberto e vistos pelos moradores do sítio onde seriam feitas as vigilâncias.

Nestor e Branco saíram pelos fundos do imóvel abandonado e subiram um pouco mais a encosta, até o topo e de lá tiveram uma visão mais ampla da redondeza, pois utilizaram o binóculo que traziam com eles. Puderam ver que a parte de trás da encosta era uma área de mata fechada que era cortada por um pequeno córrego e que também possuía uma pequena queda d'água. Este local ficava a cerca de 500 metros abaixo da casa abandonada e caminhando por mais uns 300 metros numa pequena trilha se chegava a uma outra estrada de chão. Esta estrada de chão seguia até uma via secundária de asfalto e no entroncamento havia uma fábrica de pré-moldados e um pequeno comércio improvisado com barracos de madeira.

Os detetives desceram pela encosta até o curso d´água e depois seguiram até a estrada de chão que dava acesso a fábrica de pré-moldados. Verificaram que não poderiam deixar o veículo deles naquele local por ser muito deserto e que talvez fosse mais seguro deixar o carro no estacionamento da fábrica que ficava a uns 500 metros da entrada da trilha de acesso à queda d'água.

Decidiram então retornar para onde haviam deixado o carro, próximo a casa abandonada e depois seguiriam até a fábrica de pré-moldados, para verificarem se era seguro e discreto deixar o carro no local. No estacionamento havia dois quiosques, sendo que apenas um estava funcionando, neste pediram uma cerveja e iniciaram uma conversa com a proprietária, uma senhora escura, que aparentava ter uns 60 anos de idade, gorda, que se chamava Carla.

Carla falou que nos finais de semana muitas pessoas frequentavam o curso d´água e a cachoeira e que alguns deixavam o carro ali no estacionamento por ser mais seguro e não pegavam tanta poeira. Mas que nos dias de semana era muito tranquilo e poucas pessoas frequentavam o local.

Nestor e Branco após a conversa no quiosque com Carla se despediram e retornaram ao encontro de Marciano e Gonçalves. No bar onde eles estavam permaneceram por algum tempo e decidiram que Marciano e Gonçalves ficariam nas proximidades do sítio aguardando a saída do D-20 e fariam o acompanhamento até o retorno no bairro do Jardim

América, enquanto Nestor e Branco seguiriam para o escritório, onde traçariam a estratégia para os dias seguintes, com a finalidade de campanarem o sítio pela casa abandonada.

A D-20 saiu do sítio por volta das 16 horas com os mesmos ocupantes da parte da manhã e seguiu direto para a casa no bairro do Jardim América.

No dia seguinte os dois detetives acompanhados de Gonçalves, com seus equipamentos fotográficos, seguiram para Magé, em chegando lá deixaram o veículo próximo ao quiosque de Carla e pediram para a mesma vigiá-lo enquanto eles iram tomar um banho na queda d´água e tirar algumas fotografias de pássaros nas proximidades. Compraram no quiosque de Carla algumas garrafas de água mineral e biscoitos doces e salgados.

Seguiram a pé até o riacho e depois subiram a encosta por entre a mata, chegando à casa abandonada pelos fundos da mesma.

Já passava um pouco das 10 horas da manhã, eles ficaram observando a movimentação no interior do sítio. Viram um senhor cuidando do jardim, possivelmente a pessoa que foi citada por Miguel, que trabalhava no local como jardineiro. Um pouco mais tarde viram a primeira movimentação de pessoas no interior da propriedade, cinco mulheres acompanhadas de dois homens, todos vestiam uma espécie de bata na cor bege, eles saíram da casa maior do sítio que possuía três construções, sendo a maior um casarão com estilo moderno, telhado com quatro águas e avarandada, uma segunda construção um pouco menor em formato octogonal, toda envidraçada e com cortinas claras, por uma das portas de vidro podia ser ver que se tratava de um local usado para refeições, pois tinha diversas mesas grandes com cerca de 10 a 12 lugares cada. O grupo se dirigiu para esta construção, provavelmente para preparar o almoço. Eles conversavam em tom de voz bem baixo, o que não permitia aos detetives observadores definirem o que conversavam entre si.

Na terceira edificação, que ficava num canto bem a esquerda do sítio, havia uma espécie de tenda quadrada, com telhado de lona e com três paredes de alvenaria e a parte da frente com uma porta bem grande de vidro e também com cortinas claras que cobriam toda a fachada da porta.

Por volta do meio dia ouviram um sino e alguns minutos depois, diversas pessoas, homens, mulheres e crianças, saíram do casarão em direção a segunda construção e no trajeto até ao refeitório o alarido era bastante grande, principalmente por parte das crianças. Os detetives não conseguiram reconhecer nenhuma das mulheres que ali transitavam, bem como as crianças. Mesmo usando binóculos não conseguiam ver com perfeição a fisionomia das pessoas que transitavam pelo sítio. Gonçalves com seu equipamento fotográfico tinha um pouco mais de nitidez nas imagens das pessoas, mesmo com uma distância de aproximadamente 50 metros e com um número muito grande de árvores na parte frontal da casa onde estavam, conseguiu tirar algumas fotos de algumas mulheres e crianças semelhantes fisicamente com Ketlen e a James.

Todos as pessoas que estavam no refeitório permaneceram por lá quase duas horas. Ao saírem, alguns homens foram para a terceira construção e as mulheres acompanhadas das crianças retornaram a casa maior. No decorrer da tarde, apenas os homens circulavam na área do sítio, alguns foram cuidar de uma pequena horta que ficava bem próximo ao muro dos fundos da chácara. Os detetives tiveram que praticamente ficar imóveis na casa abandonada onde estavam, pois devido à proximidade do muro para a varanda do imóvel, qualquer barulho ou mesmo ruído de vozes poderia chamar a atenção dos homens que estavam na horta.

Um pouco antes das cinco horas da tarde, os detetives resolveram sair do local, pois não haviam visualizado mais movimentos das mulheres e das crianças. Os homens que trabalhavam na horta enceraram os trabalhos na horta às 16 horas, quando um deles foi até o portão principal do sítio e abriu o portão para o jardineiro ir embora.

Saíram do casaréu abandonado pelo caminho da manhã e ainda teriam que levar os filmes para serem revelados, para depois mostrarem para Jhonson que chegaria em alguns dias. Ao chegarem no quiosque de Carla pararam para conversar um pouco com ela, dizendo que gostaram muito do local e que retornariam outras vezes para tirarem mais fotos de pássaros e das paisagens. Nesta conversa, Carla relatou aos detetives que ocorrerá um fato muito estranho, cerca de uma hora depois deles deixarem o carro no estacionamento próximo ao quiosque dela. Apareceu um Opala Comodoro na cor preta, com dois homens suspeitos, que eles pararam bem próximo ao carro dos detetives por alguns minutos e foram em direção a queda d´água, retornaram meia hora depois e ficaram parados à duzentos metros do quiosque por quase uma hora e depois foram embora.

Os detetives apenas comentaram com Carla que talvez eles quisessem roubar o carro deles. Mas na realidade eles sabiam que ainda continuavam sendo seguidos pelo misterioso carro preto, mesmo com todo o cuidado que estavam tomando.

Quando chegaram ao Rio de Janeiro, Gonçalves foi direto para uma loja de revelação no Centro da cidade e pedir prioridade na revelação das fotografias tiradas do sítio em Magé.

VII – A tocaia ao Opala Comodoro

Os detetives logo assim que chegaram ao escritório ligaram para o inspetor de polícia Reinaldo, pedindo para eles se reunirem com urgência, pois tinham que resolver um problema que poderia lhes causar risco de vida.

Reinaldo chegou ao escritório de Nestor e Branco por volta das oito horas da noite, quando foi colocado a par da situação do Opala Comodoro preto e dos seus dois ocupantes, que estavam seguindo os detetives desde o dia em que aceitaram o serviço para localizar Ketlen e James.

O inspetor achou muito estranho eles estarem sendo seguidos por aquele veículo e pelo fato do mesmo estar usando placa "fria". Teria duas opções para eles estarem fazendo tal acompanhamento dos detetives; primeiro, poderia ser alguém da polícia, em algum serviço sigiloso ou em segunda hipótese, algum desafeto deles, querendo se vingar por qualquer coisa ou prejuízo causado pelos detetives no passado, principalmente nos serviços em que algumas pessoas investigadas por eles, que acabaram sendo presas e condenadas pela justiça.

Branco disse para Reinaldo que teriam de verificar do que realmente se tratava. Sugeriu para o inspetor se ele poderia lhes auxiliar armando uma tocaia, onde os detetives se deixariam seguir com facilidade e num determinado local, pré combinado, eles seriam abordados por policiais e teriam suas identidades reveladas e com isto tentariam apurar o porquê de estarem seguindo os detetives.

Eles acordaram que iriam suspender por alguns dias as campanas no sítio em Magé e que David, Marciano e Gonçalves iriam dar continuidade na vigilância da casa do Jardim América, na expectativa de visualizarem alguma pessoa semelhante às fotografias cedidas por Mr. Jhonson. Enquanto os detetives junto com Ferreira, Laura e Raimundo se encarregariam de montarem e induzirem o Opala preto até o local da tocaia que seria montado em parceria com a polícia civil e militar, sobre a orientação do inspetor Reinaldo.

O local idealizado pelos detetives e por Reinaldo seria na Avenida Bartolomeu de Gusmão, no bairro de São Cristóvão, via paralela a quinta da Boa Vista e margeada pela linha férrea, sendo que do outro lado da linha estava Avenida Radial Oeste, via que fica em frente ao estádio do Maracanã. Por ser uma rua de mão dupla e com pouca movimentação de veículos em alguns horários do dia, o que torna o local bem apropriado para a realização de uma blitz.

Na montagem da tocaia, Reinaldo, os detetives e sua equipe ficariam com rádios portáteis, tipo walk talk, para facilitar as comunicações entre eles e o monitoramento do Opala.

Nestor e Branco delinearam a operação, que teria início nos próximos dias, sendo que Raimundo e Laura seguiriam o Opala, com um veículo alugado, assim que ele fosse avistado, seguindo o carro dos dois detetives, Ferreira faria o mesmo com sua motocicleta. Os detetives fariam caminhos diversos pelo Centro da cidade, bairros adjacentes, principalmente na Tijuca, Maracanã e São Cristóvão, até serem informados, ou mesmo, visualizado o Opala lhes seguindo e só então entrariam em contato com Reinaldo, que previamente, já estaria articulado com o batalhão da polícia militar da área, para a montagem da blitz no local escolhido.

Numa quinta-feira ensolarada logo após o almoço, Ferreira visualizou o Opala Comodoro preto, num estacionamento público bem próximo a Igreja da Candelária, encostado ao mesmo se encontrava um rapaz de aproximadamente 25 anos, branco, porte atlético, altura mediana e de óculos escuros. Ferreira parou sua motocicleta do outro lado da rua, em frente a uma agência bancária, onde se encontravam diversas outras motos estacionadas. Ficou observando a movimentação do rapaz junto ao Opala. Minutos depois, se aproximou do referido rapaz, dois outros homens, com idade entre 35 e 40 anos, o segundo homem alto e branco, o terceiro era baixo e forte, este usava terno e óculos escuros, eles vieram da direção do prédio dos detetives. Todos ficaram observando a portaria do prédio dos detetives, pois a visualização, era bem propícia e o estacionamento onde Nestor e Branco, deixavam seus veículos, ficava bem próximo aonde eles se encontravam.

Após serem informados por Ferreira da localização do Opala preto, deflagraram o início da operação, fizeram contato imediato com Reinaldo para ele ficar em prontidão, junto com sua equipe de policiais civis, e também pedir para os policiais militares se posicionarem nas proximidades do local da blitz. Quando receberam o sinal verde de Reinaldo, Nestor e Branco, saíram do escritório, seguiram em direção ao estacionamento onde pegaram o veículo de Branco, um VW/Passat vermelho. Seguiram primeiramente, em direção da Praça Mauá e depois retornaram, para a Avenida Presidente Vargas e rumaram em direção a estação de trem Central do Brasil. Continuaram transitando, pela Avenida Presidente Vargas, sentido Praça da Bandeira, onde pararam na Rua do Matoso, quase em frente a um Hospital Público, ali existente.

Nestor desceu do carro e entrou no hospital, ficou lá por cerca de 15 minutos, só saindo quando recebeu a confirmação de Raimundo e Laura, de que o Opala estava alguns metros atrás do carro de Branco, com os ocupantes no interior do mesmo.

O plano estava sendo seguindo conforme eles haviam planejado. Nestor retornou ao carro de Branco e saíram em direção ao estádio do Maracanã, passando pela Avenida Radial Oeste, em direção a Mangueira, onde após cruzarem a linha do trem se utilizando de um viaduto ali existente, em frente a quadra de ensaios da Escola de Samba da Mangueira, desceram pela Rua Visconde de Niterói, em direção da Avenida Bartolomeu de Gusmão, onde a blitz já estava montada, bem em frente a dois quartéis do Exército.

Através do rádio, Nestor avisou a Reinaldo da aproximação deles do local da blitz, que o Opala preto estava a cerca de 200 ou 300 metros do carro deles, e Ferreira estava bem próximo ao veículo suspeito, sendo que Raimundo e Laura, estavam um pouco mais atrás dando cobertura para Ferreira.

Logo assim que chegaram ao local da blitz os detetives fizeram uma sinalização com o farol para Reinaldo e o Tenente Azevedo da polícia militar, eles passaram pela blitz e puderam ver pelos espelhos retrovisores, do carro de Branco, o Opala preto sendo parado de maneira bastante ríspida e os ocupantes sendo retirados do veículo com as mãos na cabeça e sendo revistados pelos policiais.

Os detetives entraram na Quinta da Boa Vista e pararam num dos estacionamentos interno, bem próximo ao Museu Nacional, onde aguardaram a chegada dos demais componentes da equipe, bem como ficaram ali esperando uma comunicação de Reinaldo e do Tenente Azevedo.

Cerca de vinte minutos depois Reinaldo fez contato com Branco, via rádio, pedindo para todos se encontrarem na 17ª Delegacia Polícia, que ficava próxima a Quinta da Boa Vista, onde eles poderiam conversar com mais calma e esclarecer os fatos. Ao chegarem à delegacia, Nestor e Branco já eram aguardados por Reinaldo na entrada da unidade policial, seguiram direto para a sala do inspetor Valdez, amigo de Reinaldo.

Na sala de Valdez, estavam os dois rapazes, ocupantes do Opala preto, os mesmos que eles visualizaram nas proximidades do Edifício Garagem Menezes Cortês. Reinaldo, apresentou os dois rapazes como sendo policiais federais, lotados em Brasília e se chamavam Arthur e Rebelo.

Reinaldo informou ainda aos detetives, que o terceiro homem que estava no veículo, era assessor do adido militar da embaixada americana em Brasília e que ele estava na sala do delegado chefe, fazendo contatos telefônicos com o consulado do Rio de Janeiro e com a embaixada em Brasília.

Os policiais federais, explicaram aos detetives, que estavam seguindo eles por um pedido do embaixador dos Estados Unidos no Brasil, feito diretamente para o Ministro da Justiça, para que logo assim que fossem encontrados os familiares de Mr. Jhonson Cabester, a embaixada fosse comunicada, para poderem dar prosseguimento, junto à justiça brasileira, do cumprimento da ordem judicial americana, para a entrega da criança ao pai. Falaram ainda, que aquela conversa não poderia ser divulgada de maneira nenhuma, pois poderiam ser prejudicados por seus superiores.

Valdez comentou ainda, por questões de segurança e diplomáticas, o assessor do adido militar da embaixada americana estava em local diverso, para não presenciar a conversa entre os policiais federais e os detetives.

O policial federal, Rebelo, o mais velho, com um discurso autoritário, tentou intimidar os dois detetives, ameaçando-os, por atrapalharem o trabalho da Polícia Federal, mas Nestor não se intimidou e travou uma pequena discussão com Rebelo. Reinaldo e Valdez foram obrigados a intervirem na discussão, quando viram que as coisas estavam se encaminhando para agressão física.

Nestor disse para Arthur e Rebelo, que aquele episódio iria gerar um impasse entre eles, policiais e detetives, bem como a relação com o seu cliente, Mr. Jhonson. Pois, se ele sabia da atividade da Polícia Federal, como poderiam continuar acreditando nele. Com certeza, ainda, havia outros mistérios circundando o caso. Disse também, que ele e Branco não iriam compartilhar as informações obtidas com os policiais federais, eles que esperassem a cópia dos relatórios chegarem até as suas mãos, via Mr. Jhonson.

Branco falou que o envolvimento da Polícia Federal no caso, poderia prejudicar as investigações feitas até o momento, mas que eles, Arthur e Rebelo, poderiam colaborar repassando todas as informações que eles dispunham sobre o caso, o que iria agilizar o trabalho de todos. Pois ele e Nestor, queriam apenas ganhar pelos serviços prestados à Mr. Jhonson, e assim que localizassem Ketlen e James, a Polícia Federal e a justiça brasileira, poderiam agir, que eles estavam fazendo tudo dentro da legalidade.

Os policiais federais, disseram que iriam tentar se afastar do caso, mas isto dependeria de seus superiores, uma vez que foram descobertos, pela expertise dos dois detetives e equipe. Quanto ao pedido da embaixada americana ao Ministério da

Justiça, não sabiam de mais nenhum detalhe que pudesse auxiliá-los nas investigações para localizar os familiares de Mr. Jhonson.

Nestor e Branco trocaram com Arthur, o policial federal, os respectivos telefones para possíveis contatos futuros, pois este parecia ser mais confiável, que Rebelo. Os detetives não conseguiram conversa com diplomata americano, pois logo após conversarem com Arthur e Rebelo, se dirigiram a sala do delegado chefe da 17ª Delegacia de Polícia, este já havia saído com o assessor do adido militar da embaixada, para levá-lo até ao consulado americano no de Centro da cidade.

VIII – A casa do Jardim América

Enquanto os detetives estavam na campana do sítio em Magé e na identificação dos ocupantes do Opala Comodoro, David Mendonça continuava sua infiltração na rua, onde possivelmente existiria uma "colônia" dos "Meninos de Deus", no bairro do Jardim América.

Ele descobriu, que uma jovem mulata, também residente no bairro, bem próximo ao local da casa onde David estava morando, trabalhava como doméstica na casa em observação e conseguiu se aproximar da mesma, tendo iniciado um pequeno relacionamento amoroso com Rosalina.

Em seu relatório aos detetives, sobre a descoberta e o progresso na infiltração, David como sempre, se utilizou do seu habitual jargão;

- "sincera e honestamente, sou franco lhe dizer é o tal fator...", justificou também a sua iniciativa de se aproximar da mulata, por entender, que ela poderia ser muito útil nas investigações, além de ser bonita e fazer o tipo dele.

Ela inicialmente, pouco falava sobre os moradores da casa onde trabalhava, pois, uma das primeiras recomendações que lhe fizeram, foi a de que deveria manter a discrição com relação a eles, e evitasse comentar o que acontecia no interior da casa. No entanto, aos poucos, por sentir confiança em David comentava o que se passava na casa.

Falava que as pessoas só conversavam entre elas em inglês e pouco lhe dirigiam a palavra, somente para recomendar alguma tarefa a ser feita.

Disse que no local haviam muitas crianças acompanhadas de seus pais, que elas eram muito bem tratadas, pode observar que duas a três vezes por dia faziam uma reunião, muito semelhante a um culto religioso, que nessas reuniões, eles se acariciavam mutuamente, inclusive as crianças eram cariciadas.

A moça confidenciou a David, que só sabia o nome de duas pessoas apenas, Jones, o homem que se encarregava quase que diariamente de comprar os mantimentos para a casa e era ele quem conduzia a D-20. A outra pessoa, era a esposa de Jones de nome Karine, o casal tem uma filha de seis anos e eles eram como uma espécie de líderes da casa, pois todos obedeciam ao comando deles, todo e qualquer assunto, eles sempre eram consultados e sempre davam a última palavra.

Com o passar dos dias Rosalina repassava para David mais informações, pois ele de maneira muito hábil, não questionava diretamente sobre o que acontecia na casa onde ela trabalhava, deixava que lhe contasse como teria sido o seu dia de trabalho, pois só tinham algumas horas do dia para conversar, ou nos dias de folga de David. Ela trabalhando de dia e David durante a noite.

Uma das curiosidades reveladas por Rosalina, era que as pessoas que chegavam até a casa não permaneciam ali por muito tempo, no máximo de três a quatro meses depois se mudavam. Ela não sabia para onde estas pessoas se mudavam e nem de onde vinham, sabia apenas que eles tinham uma outra residência que chamavam de "lar". Para este local eram levados mantimentos semanais, normalmente aos sábados e algumas pessoas de tempo em tempo eram deslocadas para o "lar", como assim ouviu chamar por Jones e Karine.

A maioria das pessoas que moravam na casa do Jardim América eram estrangeiras e no período em que trabalha na casa, cerca de um ano, a informante acidental, pôde observar apenas dois casais de brasileiros com os filhos residiram por algum tempo ali e depois ficou sabendo que eles foram para São Paulo.

Todas as informações repassadas por Rosalina para David, eram de imediato transmitida para Nestor e Branco. Tais informações também eram colocadas em seus relatórios para serem entregues a Jhonson.

Num determinado dia, a jovem foi indagada por Jones, se ela conhecia alguém que pudesse fazer um pequeno reparo no telhado da garagem, pois haviam algumas telhas quebradas e precisava trocá-las. Rosalina de imediato, indicou David, que já havia trabalhado como auxiliar de pedreiro em algumas obras. Esta era uma oportunidade única, para os detetives verificarem mais de perto aquele local, tentando inclusive tirarem algumas fotografias dos moradores para mostrarem para Jhonson, na expectativa dele reconhecer Ketlen ou James.

David foi apresentado a Jones, combinaram o valor do serviço e a quantidade de material, que seriam comprados por Jones. David disse que um amigo iria lhe ajudar na empreitada, para facilitar o andamento do serviço que provavelmente seria feito num dia, caso não houvesse nenhum contratempo.

Por ser muito magro e ágil, também por ter alguma habilidade no reparo de telhados, Gonçalves, poderia aproveitar a oportunidade, de estar em cima do telhado da garagem, para tirar algumas fotografias com uma máquina mais discreta.

No dia combinado David e Gonçalves chegaram a casa por volta das oito horas da manhã e começaram a separar o material necessário para executarem as tarefas de reparo do telhado, Jones havia alugado uns andaimes e duas escadas, conforme David havia solicitado. O reparo era bem simples, mas por conveniência eles faziam tudo de maneira bem lenta e cautelosa e sempre que possível Gonçalves tirava algumas fotografias das pessoas que passavam na área entre a casa e a garagem.

Quase ao final do dia Gonçalves conseguiu uma boa sequência de fotos, pois todos os moradores da casa foram para a área externa e ficaram brincando e cantando, todos estavam bem à vontade e trajavam roupas claras, tipo bata, eram cerca de trinta pessoas, entre homens, mulheres e crianças, de diversas idades, inclusive algumas de colo.

Logo assim que terminaram o trabalho e terem recebido pelo serviço, feito em dinheiro por Jones. Gonçalves rumou direto para o centro da cidade para fazer revelação das fotografias e no dia seguinte as entregou para Nestor e Branco. Eles analisaram as fotografias e as incluiriam no relatório que iriam entregar para Jhonson no próximo encontro entre eles. Entretanto não ficaram muito animados com o resultado, pois não tinham reconhecido nas fotos nenhuma pessoa semelhante à Ketlen ou a James.

Nestor e Branco, ficaram muito satisfeitos com o trabalhado executado por Gonçalves e David, pois agiram de maneira bem discreta e com uma sutileza profissional impressionante, principalmente David, que até arrumou uma namorada, que seria muito importante na manutenção das informações do que ocorria dentro da casa no bairro do Jardim América. Pediram ainda para David continuar com as observações, mas o alertaram, para não perder o foco da investigação, por causa do envolvimento dele com Rosalina. Que mais cedo ou mais tarde, eles teriam que conversar com ela para lhe mostrar as fotos de Ketlen e James, com isso o relacionamento dele poderia chegar ao fim.

IX – A CIA e o FBI

Dois dias depois o episódio de São Cristóvão, Mr. Jhonson retornou ao Brasil, eles marcaram para se reunirem com Jhonson no dia seguinte, no Restaurante Albamar, situado em frente à estação das barcas, que fazem a travessia Rio/Niterói, na Praça Quinze, no Centro da cidade. Junto com os detetives também estava Inês, pois a conversa com Jhonson teria que ser bem detalhada e seria.

Durante o almoço expuseram para Jhonson todo o ocorrido durante a sua ausência do país, como o acompanhamento da D-20 até Magé, a descoberta do sítio naquela cidade, e demais detalhes descobertos. Aproveitaram a oportunidade para lhe passar o relatório e as fotografias feitas das diversas mulheres e crianças, que foram vistas no interior sítio e as fotografias retiradas do telhado da garagem da casa do Jardim América. Comentaram com Jhonson que provavelmente o sítio em Magé poderia ser uma colônia da seita "Meninos de Deus", devido as suas características.

Jhonson olhou cuidadosamente as fotografias, ficando com dúvida em relação a duas das imagens tiradas do sítio, onde uma das mulheres que carrega uma criança no colo era muito semelhante à sua ex-esposa, Ketlen, mas que devido ao ângulo e a distância em que elas foram tiradas não lhe permitia ter a certeza que seria Ketlen. Ao analisar as fotografias retiradas na casa do Jardim América, Jhonson, não reconheceu nenhuma pessoa semelhante a Ketlen ou a James.

No fim do almoço que durou quase três horas, após apresentarem as despesas do período, e o respectivo relatório, os detetives fizeram questão de comentar com Jhonson, do ocorrido com o Opala preto, onde dois policiais federais e um diplomata americano estariam seguindo os passos deles e colocando em risco toda a investigação.

Nestor reiterou a conversa que tiveram no restaurante do aeroporto, mas que Jhonson ainda continuava omitindo alguns detalhes do caso. Citou o envolvimento da Embaixada Americana em Brasília, o Ministério da Justiça e a Polícia Federal.

Jhonson demonstrou surpresa e ficou embaraçado com a descoberta dos detetives, sobre o envolvimento dos órgãos envolvidos no caso. Depois de tentar se esquivar do assunto desculpou-se mais uma vez, por não falar toda a verdade para Nestor e Branco.

Pressionado pelos detetives, começou então e fazer um relato mais detalhado, do envolvimento da embaixada americana, que na realidade só foi acionada após seu advogado nos Estados Unidos, levar o caso ao FBI (Federal Bureau of Investigation – Agência Federal de Investigação), que é uma unidade de Polícia do Departamento de Justiça americana e também através de pedidos a políticos pediram auxílio a CIA (Central Intelligence Agency – Agência Central de Inteligência), uma conhecida agência de inteligência civil do Governo dos Estados Unidos.

Que o diplomata que acompanhava os policiais federais é na realidade um agente da CIA e foi ele quem repassou todas as informações sobre Ketlen e James no Brasil para Jhonson.

Continuando seu relato, Jhonson afirmou que a informação inicial que a CIA lhe passou foi de que Ketlen e James saíram dos Estados Unidos primeiramente em direção à cidade de Montevidéu, no Uruguai. Mas quando o FBI e a CIA pediram ajuda as autoridades uruguaias para localizarem a ex-esposa e o filho, receberam a informação de que eles já haviam saído do país, com destino declarado para a cidade do Rio de Janeiro.

No Brasil a embaixada americana, a CIA, e o FBI, demoraram um pouco a obter qualquer resposta ou mesmo colaboração das autoridades brasileiras. Isto só ocorreu quando o embaixador americano, fez um pedido direto ao Ministro da Justiça, para uma ajuda mais concreta da Polícia Federal brasileira.

Foi somente a partir deste momento, que as informações começaram a chegar às mãos dele, mais sem nenhuma garantia de estarem corretas. Por iniciativa própria contratou um renomado escritório de investigações no Rio de Janeiro e depois um outro, mas ambos, como já era de conhecimento dos detetives, não foram corretos o suficiente na prestação dos serviços.

Jhonson confidenciou, que eles seriam a última esperança dele em encontrar seu filho e caso não obtivesse êxito, iria retornar aos Estados Unidos com o coração amargurado e triste. Mas felizmente depois dos primeiros contatos teve a certeza que Nestor e Branco foram a opção mais sensata que tomou desde que chegou ao Brasil.

Após as explicações de Jhonson, Nestor e Branco, disseram que com os últimos acontecimentos, o relato do envolvimento de instituições como a Polícia Federal do Brasil, o FBI e a até mesmo a CIA, não sabiam se realmente poderiam continuar trabalhando no caso, pois temiam que alguma ação atabalhoada dos agentes, daquelas instituições, em momento inoportuno, poderia prejudicar de sobremaneira o trabalho deles na localização de James e Ketlen.

Embora os detetives já tivessem a intenção de continuar trabalhando no caso e de terem retornado a pedir orientações do professor Aguilar Baumgarten e ao delegado Paulo Resende, queriam pressionar Jhonson, pois com certeza, ele teria mais informações a lhes passar, além das já repassadas e aquelas que eles descobriram por conta própria. Também, porque estavam conseguindo uma boa renda com o serviço e colocando quase toda a equipe para trabalhar com uma remuneração bastante atraente para todos.

Jhonson disse que iria solicitar ao consulado do Rio de Janeiro que intercedesse junto a Polícia Federal, FBI e CIA, para que eles, só agissem após ele lhes repassar os relatórios dos detetives e também iria manter Nestor e Branco, informados de toda a movimentação daqueles órgãos.

Jhonson agradeceu o empenho deles no caso e que ficou bastante satisfeito com os resultados obtidos até aquele momento, onde eles conseguiram descobrir um novo local onde poderiam estar seu filho e sua ex-mulher, obtiveram sucesso nas fotografias de pessoas da casa do Jardim América, numa ação jamais imaginada por ele, de cima do telhado da própria casa e também, na expertise deles em descobrir o envolvimento dos órgãos americanos.

Os detetives, não entraram em detalhes com Jhonson de como eles e sua equipe conseguiram realizar a proeza das fotos tiradas na casa do Jardim América e do sítio em Magé.

X - O Retorno a Magé

Diante das promessas de Jhonson, Nestor e Branco disseram-lhe que iriam continuar no caso, se realmente não houvesse interferência externa no trabalho deles. E conforme o contrato inicial, continuariam a repassar os relatórios periodicamente.

Jhonson insistiu, que desejava acompanhar os detetives em uma das campanas no sítio em Magé, pois a fotografia de uma das mulheres era muito semelhante a Ketlen e ele queria tirar a dúvida sobre aquela mulher. Nestor e Branco concordaram, mas o alertaram que o caminho até a casa onde usavam como ponto de observação era muito difícil e ele deveria seguir todas as orientações deles, no tocante principalmente ao regime de silêncio.

No dia seguinte, bem cedo, os três saíram em direção a Magé, os detetives ficaram impressionados com o equipamento que Jhonson estava levando para a campana, uma enorme luneta, que mais parecia um telescópio. Jhonson explicou que trouxe a luneta assim que chegou ao Brasil pela primeira vez, pois poderia ser útil algum dia.

Pararam o carro próximo ao quiosque de Carla, que já estava no local, esta perguntou aos detetives se eles trouxeram um "gringo" para conhecer a região. Eles apenas disseram que era um amigo observador de pássaros, que estava de passagem pelo Brasil e como eles viram muitos pássaros na região resolveram levá-lo até a queda d´água.

Compraram com Carla alguns biscoitos e algumas garrafas de água mineral, pois estava muito calor e eles não tinham nenhuma ideia do tempo que iriam passar na campana. Também pediram para Carla ficar de olho no carro deles, pois da última vez ficaram com receio dos ocupantes do Opala quererem furtar o mesmo.

Seguiram caminho em direção a cachoeira, depois subiram por entre a mata em direção aos fundos da casa que utilizavam como observatório. O trajeto todo foi feito em cerca quarenta minutos, todos chegaram ao destino bem cansados, por conta do calor e da subida por entre as árvores.

Assim que chegaram a casa, mostraram para Jhonson os melhores locais para a observação e fizeram uma pequena apresentação do cenário no interior do sítio, reforçaram também a necessidades de eles observarem sem serem vistos ou mesmo ouvidos, por transeuntes da rua entre a chácara e a casa onde estavam e pelos membros do grupo ocupante do local sob observação, pois os moradores, tinham uma horta bem próximo ao muro, onde costumavam trabalhar durante algumas horas do dia.

Logo depois da chegada na casa eles puderam observar que os membros da suposta "colônia" da seita estavam saindo do refeitório, mas como eles ainda não estavam com seus binóculos, máquinas fotográficas e Jhonson ainda estava montando o tripé, para a sua luneta, não foi possível fazerem a visualização mais aproximada daquelas pessoas.

Como na vez anterior, em que estiveram ali fazendo campana, alguns homens saíram da casa principal e foram trabalhar na horta próxima ao muro, desta vez estavam acompanhados do senhor que trabalhava no local como jardineiro. Devido à proximidade, Nestor, Branco e Jhonson foram obrigados a ficarem mais para dentro da casa, em uma das janelas, onde a vista para o sítio não era muito boa. Nestor e Branco ficaram impressionados com a potência da luneta de Jhonson, pois eles conseguiam ver com extrema nitidez os rostos dos homens que estavam na horta, também puderam ver com mais exatidão, os detalhes das construções existentes no local sob observação.

Durante boa parte da manhã, nenhuma das mulheres e crianças saíram da casa principal, o que deixou Jhonson bastante ansioso, com a não aparição das mulheres e crianças, na área entre as construções do sítio. Por volta do meio dia meio dia, tocou o sino chamando os membros moradores do sítio para o almoço. Repetindo o ocorrido na vez anterior todos saíram da casa em um grande alarido e praticamente todos juntos, como os detetives e Jhonson estavam ainda observando de uma das janelas, não conseguiram ver com perfeição a fisionomia daquelas pessoas, inclusive as crianças.

Cerca de uma hora depois caiu uma chuva torrencial no local e logo depois as pessoas que estavam no refeitório começaram a sair do mesmo com guardas chuvas e capas, o que não permitia visualizar o rosto de ninguém. Como a chuva não cessava, apesar de ter diminuído a intensidade eles resolveram retornar ao estacionamento da fábrica para pegar o carro e retornarem no dia seguinte, caso o tempo melhorasse. Chegaram ao carro completamente molhados e sujos, pois no caminho de volta, alguns escorregões foram experimentados pelos três observadores nas trilhas por entre a mata.

O quiosque de Carla já estava fechado, com isso não puderam nem tomar alguma bebida mais quente para aquecê-los, havia no local apenas os veículos dos trabalhadores da fábrica de pré-moldados. No trajeto até o hotel de Jhonson, tiveram que parar num restaurante na estrada para almoçarem e trocarem a roupa molhada, Nestor e Branco, que sempre deixavam na mala de seus carros uma muda de roupa, não tiveram problemas, já Jhonson, como não havia levado uma muda de roupa, foi obrigado a comprar uma camiseta na lojinha ao lado do restaurante, mas ficou com as calças molhadas.

Durante o almoço combinaram que só iriam retornar ao sítio dois dias após, caso o tempo melhorasse e tentariam deixar o carro mais próximo ao sítio, para evitarem surpresas com a chuva, como o ocorrido naquele dia.

O tempo chuvoso permaneceu por quase uma semana após a ida ao sítio com Jhonson, de comum acordo, resolveram esperar o tempo melhorar para uma nova visita a Magé.

Neste meio tempo Nestor e Branco aproveitaram para colocar as demais tarefas do escritório em dia, pois como estavam muito empenhados no caso de Jhonson, foram obrigados, a deixar alguns serviços de investigação aos cuidados de Marciano e Ferreira e a supervisão dos serviços de segurança com Raimundo. Tiveram também que recusar alguns casos de investigações solicitados ao escritório deles.

Cerca de dez dias depois, os três retornaram a Magé, desta vez resolveram deixar o carro em que estavam em um local mais próximo da casa de onde faziam as campanas do sítio. Tinham ciência que esta escolha poderia colocar em risco o serviço de observação, pois a rua era pouco movimentada e com poucas residências.

Chegaram à casa abandonada, por volta das oito horas da manhã, desta vez levaram mais suprimentos alimentares, como água, biscoitos e alguns sanduíches adquiridos no caminho até Magé. Como das vezes anteriores puderam observar os moradores da chácara saindo da casa maior em direção ao refeitório. A grande maioria das pessoas permaneceu lá por cerca uma hora, quando aos poucos e em pequenos grupos eles começaram a sair do refeitório, alguns homens foram trabalhar na horta e algumas mulheres se dirigiram para o local onde supostamente seria onde se reuniam para as atividades da seita.

Outras mulheres, começaram a varrer a área externa entre as construções e se faziam acompanhar de algumas crianças que brincavam num canto próximo a construção com telhado de lona, o que não permitia aos detetives e a Jhonson observarem com clareza as pessoas e as crianças que ali brincavam, por conta das árvores do sítio e da casa onde estavam.

Jhonson em determinado momento da observação fico eufórico e soltou um grito, chamando por Ketlen e fez menção de se levantar sendo condito por Nestor e Branco, que o agarraram e o jogaram no chão tampando também a sua boca, pois com o grito, os homens que estavam trabalhando na horta se viraram em direção a casa abandonada e tentaram ver o que acontecia naquele local. Depois de conter Jhonson e de imobilizá-lo, ficaram imóveis por cerca de cinco minutos, deitados atrás da janela da sala que ficava de frente para o sítio, Nestor se arrastou até a extremidade da casa e próximo a escada pode observar o que os homens estavam fazendo.

De lá, Nestor visualizou que os homens ainda estavam olhando para a casa e que o jardineiro estava em cima do muro tentando ver alguma coisa na casa, as mulheres que estavam varrendo o quintal também estavam olhando em direção ao muro do sítio. Esta situação perdurou, por eternos dez minutos, quando os homens e mulheres retornaram as suas atividades.

Nestor e Branco, levaram Jhonson para os fundos da casa, para conversarem com ele para saber o porquê do comportamento dele. Jhonson pediu desculpas pela atitude, mas disse que não conseguiu se controlar ao ver Ketlen entre as mulheres que varriam o quintal do sítio, que gritou o nome dela instintivamente por conta da emoção.

Os detetives perceberam que o trabalho deles estava funcionando, mas o fato ocorrido poderia "azedar" tudo. Após alguns minutos conversando retornaram ao local de observação e não havia mais ninguém na área externa do sítio, o que deixou Nestor e Branco apreensivos, pois temiam terem sido descobertos.

Por volta do meio dia os moradores do sítio foram para o refeitório e de lá saíram direto para a casa maior. No final da tarde algumas pessoas começaram a se dirigirem a construção com telhado de lona, todos estavam vestidos com batas, inclusive as crianças. Neste trajeto da casa maior para o de telhado de lona, Jhonson, que estava com o olho grudado na luneta, mais uma vez visualizou Ketlen, desta vez James estava em sua companhia. Jhonson quase teve uma taquicardia e muito nervoso mostrou para Branco sua ex-esposa e o filho.

Branco de imediato tirou diversas fotografias, com uma máquina muito potente, emprestada por Gonçalves. Jhonson não se continha de tanta alegria, queria comemorar o feito deles terem localizado as pessoas que ele procurou por muitos meses, mas Nestor, pediu para ele se conter para não prejudicar o serviço.

Como já estava escurecendo decidiram irem embora e retornar no dia seguinte para continuarem na campana e tentarem tirarem mais fotografias. Logo assim que saíram da casa e já bem próximo do carro de Branco, perceberam que havia uma viatura da Polícia Militar no local, alguns policiais tentavam ver o que tinha dentro do veículo. Os detetives se aproximaram e após a identificação, conversaram com um dos policiais, que chefiava a guarnição, disseram que estavam fazendo fotografias de pássaros e acabaram se entretendo com as paisagens do local e não perceberam o passar das horas.

O cabo que chefiava a guarnição, não acreditou muito na conversa dos detetives, mas após a checagem de praxe do veículo e deles, liberou-os e fez um alerta que o local era deserto e alguém poderia ter furtado o veículo.

Logo assim que estavam saindo do local, a movimentação da Polícia atraiu a atenção de alguns moradores das proximidades, entre eles, Branco reconheceu o jardineiro que trabalhava no sítio dos "Meninos de Deus".

Assim que deixaram Jhonson no hotel, Nestor e Branco foram direto para o bairro da Glória, numa loja de revelação de fotografia, de um amigo de Gonçalves, ao qual pediram urgência na revelação do filme, o rapaz já estava fechando a loja, quando eles chegaram, mas como eles eram amigos de Gonçalves e tinham urgência, o rapaz deixou-os entrar, fechou a loja e começou a trabalhar no filme.

Enquanto o filme era revelado, os detetives, foram até uma lanchonete perto para fazerem um lanche, pois com certeza, a noite seria longa. Jhonson, já tinha enviado umas dez mensagens de texto, via "Pager", para os detetives, perguntando sobre as fotografias. As fotografias só ficaram prontas por volta das 9 horas da noite. Também, havia três mensagens de David, pedindo para entrarem em contato urgente com ele.

Os detetives foram diretamente para o hotel de Jhonson, onde ele já os aguardava no restaurante e junto com Jhonson estava o Dr. Edgar Pestana, um dos sócios de um renomado escritório de advocacia do Rio de Janeiro. Após os cumprimentos iniciais, eles mostraram as fotos para Jhonson e Edgar, a nitidez das fotografias, feitas em preto e branco, estavam perfeitas.

O Dr. Edgar Pestana, explicou que o escritório dele fora contratado por Mr. Jhonson, para acompanhar junto ao judiciário brasileiro, o cumprimento da ordem judicial americana. Com os fatos apurados até aquele momento, com fotografias e os endereços, ele iria pedir ao juiz onde o caso estava sendo analisado, a expedição de um mandado de busca e apreensão para o sítio de Magé. Ele pediu aos detetives um relatório detalhado de toda a investigação sobre o sítio em Magé, se possível para o dia seguinte, de preferência até o início do expediente do judiciário. Como faltava apenas o relatório dos últimos dias os detetives concordaram e combinaram de entregar o mesmo até o prazo solicitado, no escritório de advocacia.

XI – A fuga para São Paulo

Após o jantar com Jhonson e Dr. Edgar, os detetives ligaram para o número de telefone enviado na mensagem de David, que era de um telefone público, próximo à casa onde ele estava morando no Jardim América. David atendeu ao telefone logo no segundo toque e já começou com o seu discurso tradicional:

- "Boa noite Branco, sincera e honestamente, sou franco a lhe dizer tem algo estranho acontecendo aqui na casa onde a Rosalina trabalha, pois é o tal fator..."

David relatou que estava conversando com Rosalina, na calçada em frente à casa vigiada do Jardim América, quando Jones e Karina saíram apressadamente com a D-20, isto por volta das oito horas da noite. Como eles nunca saiam de carro de noite, achou aquilo muito estranho, resolveu então, avisar aos detetives e já passava das onze horas e eles ainda não tinham retornado. Também observou que havia uma movimentação, além do normal na casa em observação, pois há quase todo instante, alguém chegava ao portão da garagem para olhar o movimento da rua.

Nestor e Branco, então decidiram que um deles iria para o local, fazer a campana, enquanto o outro iria se debruçar no relatório para entregar ao escritório de advocacia. Nestor pediu para Branco ir para o local, enquanto ele ficaria a madrugada trabalhando no relatório e que pela manhã iria para o local junto com Ferreira e Marciano, para vigiarem a casa do Jardim América.

Branco acionou Laura para acompanhá-lo na campana noturna, pois um casal parado dentro de um carro não iria chamar tanto atenção. Os dois chegaram ao Jardim América um pouco depois da meia noite e pararam numa das esquinas da rua. David se aproximou entrando no carro e relatou que a D-20 ainda não havia retornado. Branco disse para David ir dormir, pois quando eles fossem embora, ele passaria uma mensagem avisando e que Nestor, Ferreira e

Marciano, iriam chegar ao local na parte da manhã, para prosseguir na campana.

A D-20 retornou ao local por volta das duas horas da manhã, devido a distância onde estavam e a pouca luminosidade na rua, não foi possível a Branco e a Laura verem quem estava no interior do veículo, pois assim que chegou à frente da garagem, Jones desceu e abriu o portão entrando rapidamente, mas antes de fechá-lo, olhou por alguns minutos para a rua, como se estive verificando se estava sendo seguido.

Branco permaneceu no local por mais uma hora e como não houve mais nenhuma movimentação, encerrou a campana, mas antes, passou mensagem para David e ligou para o escritório informando a Nestor os acontecimentos.

Os detetives combinaram que Branco, iria fazer a entrega dos documentos, no escritório do Dr. Edgar, enquanto Nestor, Ferreira e Marciano, ficariam na campana da casa no Jardim América e no acompanhamento da D-20. Caso fosse necessário Branco, Raimundo e Laura, iriam para o bairro do Jardim América ou para o sítio em Magé.

Quando Nestor e sua equipe chegaram ao Jardim América, David já estava no portão da casa vigiando a movimentação. Ele foi ao encontro de Nestor na padaria da esquina, enquanto Ferreira e Marciano se posicionaram na outra esquina, Marciano estava com sua motocicleta e Ferreira na garupa dele.

Na conversa com Nestor, David informou que desde às sete horas da manhã não havia nenhum movimento de entrada ou saída de alguém da casa, a única exceção, foi a entrada de Rosalina, no início da sua labuta diária na residência sob vigilância. David falou que pediu, sutilmente, para ela sondar o que ocorrera na noite anterior, para provocar a saída de Jones e Karina apressadamente.

Durante toda a manhã não houve nenhuma movimentação na casa, nem a habitual ida da D-20 a CEASA, para comprar mantimentos. Pouco depois das duas horas da tarde Rosalina, na sua hora de almoço, foi até a casa onde David estava morando e comentou com o mesmo, que realmente algo de grave aconteceu no dia anterior, pois havia uma mulher e uma criança nova na residência, essas pessoas já haviam morado no local alguns meses atrás. Que os moradores da casa ficaram praticamente a manhã toda reunidos num dos cômodos, onde eles normalmente se reúnem para fazerem a pregação da religião deles e estudos. Que todos aparentavam estarem bastante nervosos, sendo que Jones, antes do almoço, permaneceu um longo tempo fazendo ligações telefônicas e estas eram demoradas.

Por volta das quatro horas da tarde, o portão da casa sob vigilância se abriu e a D-20 saiu, tendo dois homens no banco da frente, o motorista era Jones, uma mulher com uma criança no banco de trás. Nenhum membro da equipe, que estava com Nestor, conseguiu visualizar quem eram as pessoas do banco de trás da pick-up. Nestor que estava lanchando com Ferreira na padaria da esquina, começou o acompanhamento do veículo, Marciano tinha sido liberado para executar outro serviço de segurança junto com Raimundo.

A pick-up seguiu pela Rodovia Presidente Dutra, em direção a Baixada Fluminense. Nestor fazia o acompanhamento numa distância bem longa, para não ser percebido, mas tendo o cuidado de não o perder de vista, por conta do grande número de veículos que trafegavam na via.

Passaram por toda a Baixada Fluminense, começaram a subida da Serra das Araras, neste momento, Nestor comentou com Ferreira que provavelmente eles poderiam estar indo para Visconde de Mauá ou proximidades, pois ele e Branco, já tinham descoberto um local naquela cidade serrana, onde os "Meninos de Deus" tiveram uma "colônia".

No entanto, o veículo continuou na rodovia em direção a São Paulo, passando por Resende e só parando num posto de gasolina, as margens da estrada, na cidade de Guaratinguetá, já no Estado de São Paulo, isto depois de mais de três horas de viagem. O posto era bem grande, os ocupantes da D-20, foram diretos para o restaurante, que ficava na lateral do posto de gasolina.

Nestor aproveitou para abastecer o seu carro que já estava quase na reserva. Enquanto isto, Ferreira, foi até o restaurante e ficou observando os ocupantes da D-20, que estavam jantando. Ele pode confirmar que a mulher que estava com os dois homens, era muita semelhante com Ketlen e que a criança, também se assemelhava com James. Enquanto isso, Nestor ligou de um telefone público para Branco, colocando-o a par do que estava ocorrendo.

Ferreira retornou ao veículo de Nestor, onde ficaram aguardando os ocupantes da pick-up, saírem do restaurante, para prosseguirem no acompanhamento e descobrirem qual seria o destino final deles. Logo depois, os membros da seita "Meninos de Deus", saíram do restaurante, entraram na D-20 e se dirigiram para uma das bombas de combustível, onde também abasteceram o veículo, depois seguiram viagem pela Rodovia Presidente Dutra, em direção a São Paulo.

O acompanhamento prosseguiu até chegarem à cidade de São Paulo, já passava da meia da noite, apesar do grande movimento de veículos nas ruas, Nestor conseguia seguir a D-20 sem maiores problemas. O veículo parou em frente a um sobrado, localizado numa rua residencial, bem próxima ao Parque da Independência, no bairro do Ipiranga. Nestor passou pela pick-up, parando um pouco mais a frente, para que Ferreira descesse e ficasse observando, enquanto ele estacionava o carro numa rua próxima.

Do local onde Ferreira estava, pode observar quando o portão da garagem do sobrado foi aberto para que o veículo conduzido por Jones entrasse. Em seguida, Ferreira, passou bem em frente ao sobrado, gravou o endereço, para depois anotar e pode perceber que imóvel tinha duas janelas na parte inferior e mais três na parte superior, sendo o muro baixo, com grades e arames farpados na parte de cima, o sobrado ficava quase que na esquina, apenas mais duas casas até a esquina e de lá podia se ver o Parque da Independência. Na garagem a D-20 estava estacionada logo atrás de outro veículo que não foi possível identificar a marca e o modelo, por conta da pouca luminosidade da garagem.

Nestor, logo após estacionar o seu carro, numa rua paralela, foi ao encontro de Ferreira, que o aguardava na esquina próxima ao sobrado. Ficaram observando, por algum tempo, numa distância segura, para não serem notados pelos moradores do sobrado e pelos vizinhos. Em uma das esquinas, havia um pequeno mercado e ao lado deste um bar, ambos já estavam fechados.

Nestor e Ferreira, por causa do cansaço, resolveram sair para procurarem um local onde pudessem descansar e retornar ao amanhecer para continuarem na campana, com a expectativa de identificarem se realmente Ketlen e James estariam naquele local. Conseguiram achar um pequeno hotel a cerca de três quilômetros do sobrado. Nestor, assim que chegou ao hotel, ligou para Branco lhe passando todas as informações do local onde os ocupantes da D-20 estavam e que ainda não era possível confirmar, se Ketlen e James estariam em São Paulo, pois somente Ferreira os visualizou rapidamente, no restaurante em Guaratinguetá, mas sem muita convicção de serem eles.

Na manhã seguinte, por volta das oito horas, Nestor e Ferreira chegaram na rua do sobrado e notaram que a D-20 já não estava na garagem, bem como o outro veículo, visto por Ferreira na noite anterior. Ficaram extremamente preocupados, pois a mulher e a criança poderiam ter sido retirados dali e levados para outro endereço, o que seria muito ruim para o trabalho e eles ficariam sem nenhuma pista para seguirem, colocando tudo no ponto inicial das investigações.

Nestor imediatamente foi até um telefone público, tentou ligar para Branco, para pedir a ele, o acionamento dos demais membros da equipe, para vigiarem a casa do Jardim América e o sítio em Magé. Pois existia a possibilidade de Ketlen e James ainda estarem em um dos dois locais. Como não conseguiu falar com Branco, Nestor, ligou para o serviço de telemensagem e passou mensagem para Branco, David e Raimundo, pedindo para um deles ligararem, com urgência, para o telefone público, próximo ao sobrado em São Paulo.

Enquanto aguardavam a ligação do Rio de Janeiro, Nestor e Ferreira, ficaram nas proximidades do sobrado a espera de alguma movimentação na casa. Eles deixaram o carro de Nestor, num estacionamento particular, que ficava a cerca de duas ruas do sobrado. Pois como o veículo de Nestor tinha placa do Rio de Janeiro, não era aconselhável, ficar circulando com ele próximo ao endereço onde a D-20 parou na noite anterior.

XII – A ação policial

Pouco antes das onze horas da manhã, Branco chegou ao escritório do Dr. Edgar Pestana, entregou a este, uma cópia do relatório das últimas campanas realizadas, com as fotografias e endereços do sítio de Magé e da casa no Jardim América.

O Dr. Edgar Pestana, pediu para sua secretária tirar uma cópia do relatório e anexar à petição, que já estava quase pronta, para que ele levasse imediatamente ao juiz, que estava analisando o caso de Mr. Jhonson. Confidenciou para Branco que já havia conversado com o juiz, na noite anterior e este lhe garantiu que iria expedir o mandado de busca e apreensão, para os dois endereços, logo assim que recebesse as informações necessárias para isso.

Branco por sua vez, solicitou para o Dr. Edgar que lhe comunicasse quando os mandados fossem emitidos, pois queria acompanhar, a distância, junto com Mr. Jhonson, a ação do oficial de justiça e da Polícia Federal. Também lhe comunicou da movimentação ocorrida na noite anterior, na casa do Jardim América e da suspeita deles de que Ketlen e James não estivessem mais no sítio em Magé e sim no subúrbio do Rio de Janeiro.

Logo após sair do escritório de advocacia, Branco foi até ao hotel conversar com Mr. Jhonson, onde também, lhe informou da movimentação ocorrida na casa do Jardim América, na noite anterior. Que provavelmente o acontecimento na casa abandonada, de onde faziam a observação do sítio, junto com o grito dado por ele, Jhonson, e pela abordagem policial ao saírem da casa, pode ter causado a retirada de Ketlen e James do sítio, e terem sido levados para a casa no Jardim América.

Jhonson se comprometeu, a assim que tivesse notícias da expedição dos mandados e de quando eles seriam cumpridos, iria de imediato acionar Branco e Nestor, para que fossem juntos com ele, a um dos locais, para acompanharem a ação da polícia.

Quando Branco recebeu a informação de Nestor sobre a movimentação da D-20 e que eles estavam na Rodovia Presidente Dutra, sentido São Paulo, Branco tinha acabado de receber uma ligação de Mr. Jhonson, informando que o juiz já havia expedido a ordem de busca e apreensão para os dois endereços, mas que não sabia ainda, quando os mesmos seriam cumpridos. Branco ao saber da movimentação da pick-up, com uma mulher e uma criança, passou a informação para Jhonson, este ficou muito preocupado e resolveram seguirem bem cedo, no dia seguinte, para o sítio em Magé e ficarem observando alguma movimentação, enquanto os demais membros da equipe dos detetives, ficariam vigiando a casa do Jardim América.

No trajeto até o sítio, Branco colocou Jhonson a par do destino final da D-20 e seus ocupantes em São Paulo. Mas que ainda não era possível, afirmar se Ketlen e James, seriam os ocupantes do veículo que foi seguido até a capital paulista.

Diante de tal informação, Jhonson, ligou de um posto de combustível para o Dr. Edgar, colocando-o a par da situação, fez também, outra ligação, onde conversou em inglês, com o interlocutor, por cerca de vinte minutos. Jhonson durante o restante do caminho até o sítio demonstrava uma ansiedade impressionante, pois era nítido para Branco, que ele temia pelo pior, perder novamente a pista e a esperança de reaver seu filho.

Branco e Jhonson deixaram o carro no estacionamento da fábrica de pré-moldados, mas como de costume foram até o quiosque de Carla para comprar água e biscoitos. Seguiram rapidamente para a casa abandonada e ficaram observando a movimentação do sítio. No entanto, após três horas de observação, não viram nenhuma movimentação dos membros da seita na área externa, somente o jardineiro, que estranhamente, há quase todo instante, olhava na direção da casa abandonada.

A primeira movimentação vista por Branco e Jhonson, foi logo após o toque do sino avisando da hora do almoço, quando todos que estavam na casa maior foram em direção ao refeitório. Eles não conseguiram visualizar Ketlen e James entre as pessoas que se encaminharam para o refeitório e mesmo na saída deles retornando a casa.

Quase no final da tarde, Branco e Jhonson, resolveram sair do local onde estavam para retornarem apenas quando o mandado de busca e apreensão fosse ser cumprido.

Ao retornar ao Rio de Janeiro, Branco ligou para o telefone em São Paulo, onde Nestor aguardava a ligação. Tomou ciência dos acontecimentos, sendo informado que a D-20, ficou o dia inteiro fora do endereço próximo ao Parque da Independência e que os dois homens, que haviam saído da casa no Jardim América, foram os mesmos que retornaram para o sobrado. Nestor relatou também, que não conseguiram ver nenhuma movimentação de pessoas saindo ou entrando, somente os dois ocupantes da pick-up.

Os detetives combinaram, que Nestor e Ferreira ficariam em São Paulo por mais alguns dias, até serem cumpridos os mandados, no sítio e no Jardim América. Pois, queriam ter a certeza em qual dos três endereços poderia estar Ketlen e James. No entanto, Ferreira não poderia ficar em São Paulo, tinha compromissos profissionais no Rio de Janeiro, por ser engenheiro autônomo, tinha que entregar alguns trabalhos para clientes e vistoriar algumas obras.

Branco falou para Nestor procurar o detetive Agenor, amigo de Freitas, que também era o presidente da associação dos detetives de São Paulo, pois com certeza, ele poderia auxiliar Nestor na campana, ou mesmo indicar alguém para auxiliá-lo.

Dois dias após a última estada na casa abandonada em Magé, Branco tomou conhecimento que a Polícia Federal junto com oficiais de justiça e membros da Vara da Infância do Rio de Janeiro, iriam cumprir os mandados de busca e apreensão em Magé e no Jardim América.

No dia do cumprimento dos mandados, Branco e Jhonson, chegaram à casa abandonada por volta das cinco horas da manhã, deixaram o carro numa rua lateral do sítio, seguiram a pé e sem serem percebidos. Ficaram aguardando a chegada dos policiais no sítio, para acompanharem da varanda da casa abandonada toda a operação policial.

Por volta das oito horas da manhã os policiais, representantes da Vara de Infância do Rio de Janeiro, e o Dr. Edgar Pestana, chegaram ao sítio, sendo recebidos por dois membros da seita. Da varanda da casa abandonada Branco e Jhonson viram toda a ação, principalmente quando todos os membros da seita se colocaram no interior do refeitório enquanto os policiais faziam a busca no interior do casarão e no terceiro prédio, usado para os cultos da seita.

Os membros da Vara da Infância colocaram todas as crianças e suas respectivas mães no pátio do sítio e verificaram os documentos pessoais de todos, enquanto os policiais faziam os mesmo com os homens. O trabalho de busca e apreensão demorou pouco mais de duas horas. Pelo semblante do Dr. Edgar, Branco pode perceber de longe, que Ketlen e James já não estavam mais no sítio.

Branco e Jhonson, então foram ao encontro do Dr. Edgar, na porta do sítio, onde ele já os aguardava, para informar que a ex-esposa e o filho de Jhonson, não foram encontrados no sítio. Jhonson ficou pálido e trêmulo, pois as suspeitas dele e dos detetives estava se concretizando.

No mesmo horário de cumprimento do mandado de busca e apreensão no sítio em Magé, policiais federais, representantes da Vara da Infância e um dos sócios do Dr. Edgar Pestana, adentraram na residência no bairro do Jardim América. Do outro lado da rua, David, Gonçalves e Marciano, acompanhavam toda a movimentação, que durou pouco mais de uma hora.

David, logo após a saída dos policiais foi até o portão da casa e conversou rapidamente com Rosalina, que lhe falou sobre a ação da polícia na casa, procurando uma criança e sua mãe, mas que eles não estavam lá. Disse também, que os policiais lhe mostraram algumas fotografias, entre elas reconheceu uma mulher e uma criança, que haviam chegado na casa na noite em que a D-20 saiu apressadamente no meio da noite e no dia seguinte eles haviam saído com Jones e outro morador da casa, no meio da tarde. Porém Rosalina, disse aos policiais que nunca tinha visto as pessoas das fotografias, mostradas a ela. Por temer ser prejudicada no local de trabalho, caso dissesse a verdade.

De imediato David, passou uma telemensagem para Branco informando que o mandado fora cumprido e não obtiveram êxito, pedindo também para ligar com urgência ou passar no Jardim América para conversarem.

Tão logo recebeu a mensagem de David, Branco informou a Jhonson, que ficou ainda mais angustiado com a notícia e com isso ele via as suas esperanças de reencontrar seu filho diminuírem. Jhonson, disse para Branco, que assim que encontrasse o novo paradeiro de seu filho, ele não iria mais esperar a burocracia da justiça brasileira, ele estava resolvido a cometer uma loucura para rever James e levá-lo para os Estados Unidos.

Branco, logo depois de deixar Jhonson no hotel, seguiu para encontrar-se com David no escritório, onde puderam conversar com mais tranquilidade. Diante dos relatos de David, Branco comentou com seu auxiliar, que chegara à hora dele se revelar, mencionando o que fazia naquele local, mostrar as fotos de Ketlen e James para Rosalina, para tentarem confirmar que aquelas pessoas teriam sido levadas para São Paulo.

O foco dos detetives agora teria que ser o sobrado em São Paulo, pois a ação policial, nos dois endereços onde foram cumpridos os mandados de busca e apreensão não logrou êxito na localização de Ketlen e

James. Muito embora, eles ainda não tivessem nenhuma certeza de que eles poderiam estar escondidos na capital paulista. Mas com a informação de Rosalina passada por David, era a única possibilidade dos detetives concluírem com êxito o serviço para o qual foram contratados.

Naquele mesmo dia, David conversou com Rosalina, lhe confessando o real motivo dele estar morando no bairro do Jardim América. Rosalina ficou perplexa com o fato de David ser um detetive particular, por ter se aproximado dela apenas para obter informações sobre os moradores da casa onde trabalhava. David abriu o seu coração com a namorada, confessando que queria manter o relacionamento entre eles, caso ela, assim concordasse e ainda o perdoasse.

Rosalina por sua vez, disse que também estava se afeiçoando a David, mas que ele deveria a partir daquele dia lhe contar toda a verdade sobre o caso em que estava trabalhando. Pois só assim, manteria a confiança nele. Após concordar com as condições de Rosalina, David lhe mostrou as fotografias tiradas no sítio em Magé, onde apareciam Ketlen e James, ela reconheceu prontamente como sendo as pessoas que chegaram na noite em que a D-20 saiu apressadamente e que foram as mesmas pessoas que saíram no dia seguinte, com Jones e outro morador da casa e que todos ainda não haviam retornado.

XIII – Acampanando o Sobrado Paulista

Seguindo o conselho de Branco, Nestor fez contato com o detetive Agenor, indo ao encontro deste, em seu escritório, numa sala comercial, num prédio bem antigo, de três andares e sem elevador, situado na "Boca do Lixo", no bairro da Luz, bem próximo ao centro de São Paulo.

Agenor, após tomar ciência, parcial, do caso dos colegas do Rio de Janeiro, disse que no momento não poderia atuar diretamente com os detetives, por estar muito atarefado, mas que poderia indicar um de seus melhores auxiliares, conhecido como "Zé Formiga", cujo nome verdadeiro era Augusto Nogueira, um jovem de meia idade, muito bom de disfarces e campanas em locais difíceis.

O detetive paulista, também colocou à disposição de Nestor, seu veículo de campana predileto, uma Kombi branca, tipo furgão, adaptada para executar serviços nos locais mais diversos por longos períodos. Mas para utilizar a "Baby", nome carinhoso dado por Agenor ao seu veículo, seriam necessárias no mínimo duas pessoas. Uma para conduzir o veículo e outra para ficar no interior da "Baby", fazendo as observações e transmitido via walk talk, para quem estivesse do lado de fora.

Após conhecer "Zé Formiga", um baiano, muito simpático e falante, magro, moreno e com altura mediana. Que curiosamente também usava um jargão bem peculiar, "jair do verbo já era".

Tal jargão era usado para quase todas as afirmativas ou mesmo para emitir opiniões não favoráveis ao assunto. Nestor o colocou a par do sobrado, no bairro do Ipiranga e da intenção deles em verificar se Ketlen e James, estariam naquele local. "Zé Formiga", disse que precisaria ir até o local para analisar a vizinhança e escolher os melhores locais para se posicionar e executar a campana.

Nestor combinou com Agenor de levar a "Baby", deixando-a no estacionamento do hotel onde estava e só iria utilizar a mesma para fazer o reconhecimento do local, junto com "Zé Formiga" e depois com a chegada de Branco e talvez, de mais um auxiliar vindo do Rio de Janeiro.

Após o reconhecimento do local, "Zé Formiga" combinou com Nestor que iria se posicionar na rua do sobrado, disfarçado de catador de lixo, para isso iria usar inclusive um carrinho, próprio para tal finalidade, mas que precisariam de um rádio tipo walk talk, com fones de ouvido para se comunicarem. Como Nestor não tinha consigo tais equipamentos, foi até uma loja especializada, indicada por Agenor, na conhecida Rua Santa Efigênia, onde o comércio destes produtos eletrônicos especializados, eram ofertados em diversas lojas.

Com o início das campanas de "Zé Formiga", Nestor ficaria nas proximidades do Parque da Independência, de modo que não levantaria muita suspeita dos vizinhos e comerciantes do local, enquanto Branco não chegasse do Rio de Janeiro, o que só iria ocorrer dois dias depois, pois só então poderiam usar a "Baby" e aumentar a vigilância do sobrado no bairro do Ipiranga.

Branco, colocou Jhonson a par das informações prestadas por Rosalina, mas lhe pediu, para não repassar para ninguém de como obterá a informação, para não prejudicar a sua informante. Diante disto, eles combinaram de se deslocarem para São Paulo, para tentarem localizar seu filho e a ex-esposa. Branco conseguiu convencer Jhonson dele só ir para a capital paulista dois ou três dias depois, quando os detetives tivessem alguma pista, por menor que fosse, para Jhonson ir ao encontro deles.

Durante o primeiro dia de campana, "Zé Formiga" observou apenas uma movimentação de pessoas no sobrado, que foi a saída da D-20 com dois homens por volta do meio dia, ficando na garagem do sobrado, apenas um veículo Parati na cor prata, veículo que até aquela data não havia sido identificado por Nestor. O veículo, não retornou ao endereço do sobrado até o horário em que "Zé Formiga" saiu do local, por volta das oito horas da noite, no entanto, antes de sair se encontrou com Nestor, numa lanchonete próxima ao Parque da Independência para conversar. Durante a conversa "Zé Formiga", usando o seu tradicional jargão, disse;

- "é Nestor, "Jair do verbo já era", a D-20 pode ter retornado para o Rio de Janeiro e eu ainda não consegui ver mais ninguém saindo ou entrando no sobrado, mas vamos continuar insistindo".

Mais tarde, Nestor recebeu um telefonema de Branco, informando que a pick-up, havia retornado para o Rio de Janeiro, com Jones e o homem que o acompanhou na viagem para São Paulo.

Após organizar todas as tarefas de seus auxiliares, que ficariam no Rio de Janeiro, tanto na campana da casa no bairro do Jardim América, quanto nos demais serviços do escritório dos detetives. Branco comprou uma passagem aérea para São Paulo, levando consigo diversos equipamentos para serem utilizados no serviço.

Antes de embarcar para São Paulo, Branco foi ao encontro do delegado Paulo Resende, no Beco da Sardinha, um tradicional ponto de encontro no Centro da capital Carioca, entre um chope e uma porção de deliciosas sardinhas fritas, o delegado informou a Branco, que obteve as informações sobre os dois policiais federais que estavam lhe seguindo. O policial Arthur era "novinho" de Polícia, mas era bem visto pelos superiores e companheiros, aparentemente era confiável. Já o agente Rebelo estava sendo alvo de diversas investigações da corregedoria do DPF – Departamento de Polícia Federal, por suspeita de envolvimento em extorsão, tráfico de armas, entre outras coisas. Portanto os detetives deveriam ter muito cuidado com ele.

Com a chegada de Branco em São Paulo, os detetives foram para um hotel mais próximo do local a ser campanado, onde cada um ficaria num quarto, até a chegada de Jhonson. O hotel ficava a cerca de um quilometro do sobrado o que facilitaria em muito a vigilância do sobrado.

No mesmo dia, logo após o almoço, os detetives se posicionaram, quase na esquina da rua do sobrado, numa posição em que Branco pudesse visualizar a casa, de dentro da "Baby", enquanto Nestor ficaria na responsabilidade de conduzir o veículo, estacionando-o ou mesmo fazendo o acompanhamento a pé de pessoas que saíssem do local vigiado.

Neste dia, quase no final da tarde chegou ao local um pequeno caminhão de entrega, que descarregou no local diversas caixas de mantimentos, que eram colocados na garagem e alguns homens e mulheres saiam da casa e levavam para dentro, essas caixas de alimentos. Neste momento, "Zé Formiga", se aproximou do portão do sobrado e conversou com um dos moradores perguntando se eles teriam caixas de papelão para ser descartada, pois ele poderia fazer a coleta para revender depois, que dessa revenda ele sustentava a sua família.

O homem com quem conversou era alto, gordo, aparentando ter uns cinquenta anos de idade e com cabelos grisalhos e longos na altura dos ombros, este se apresentou como Humberto, lhe disse que teria sim, algumas caixas de papelão para lhe ceder, no entanto ele só poderia descartá-las no domingo à noite.

No dia seguinte, um domingo, por volta das nove horas da manhã, um grupo de aproximadamente de 15 pessoas, entre homens, mulheres e crianças, saíram da casa, todos de mãos dadas e enfileirados, foram em direção ao Parque da Independência, onde fizeram uma espécie de piquenique. O grupo permaneceu no local até às três horas da tarde, brincando, dançando e cantando, no gramado do parque.

Por ser um local de grande movimentação nos finais de semana, Nestor pode ficar bem próximo ao grupo e sempre que possível tirava algumas fotografias. No entanto, ele não reconheceu nenhuma das mulheres e das crianças que estavam naquele grupo.

No dia e horário combinado, "Zé Formiga", foi até a casa de dois pavimentos para pegar os papelões, sendo atendido por Humberto, que o acompanhou até um corredor que ficava logo depois da garagem e num canto já estavam amontoadas as caixas de papelão. Como teve acesso limitado ao sobrado, "Zé Formiga", não conseguiu visualizar qualquer outra pessoa no local.

No dia seguinte, os detetives foram revelar as fotografias, tiradas no parque, para que pudesse analisar com mais calma. Enquanto "Zé Formiga", permanecia na sua campana diária na rua do sobrado. As fotografias por terem sido tiradas de maneira bem discreta, não permitiram a Nestor obter um foco mais detalhado das pessoas, ficaram um pouco tremidas e desfocadas, o que não ajudava muito no reconhecimento.

Os detetives, resolveram então combinar com Jhonson para se deslocar até São Paulo, para tentar reconhecer Ketlen e James, caso eles estivessem morando no sobrado. Dois dias depois, após receber o comunicado dos detetives, Jhonson chegou a São Paulo, ficando hospedado no mesmo hotel, num dos quartos ocupados pelos detetives, no quarto ao lado estava Branco e Nestor.

Os detetives por precaução, fizeram questão que Jhonson ficasse no mesmo hotel que eles para facilitar a movimentação e a comunicação entre eles. No quarto em que Jhonson iria ficar, os detetives instalaram no telefone um grampo telefônico residencial, onde eles gravariam todas as conversas de Jhonson, com seus advogados e demais pessoas com quem ele falasse.

As conversas em inglês, seriam traduzidas por uma pessoa, também indicada por Agenor, que retiraria as fitas K7 na recepção do hotel e as devolveria no final do dia já traduzidas.

No dia seguinte a chegada de Jhonson, por volta das sete horas da manhã, Nestor estacionou a "Baby" praticamente em frente ao sobrado, onde Branco e Jhonson, já estavam posicionados dentro da "Baby", para poderem observar toda a movimentação no local. Os detetives não informaram para Jhonson, quem era, e onde estava o outro membro da equipe, "Zé Formiga", por uma questão de estratégia. Que além de observar a movimentação no sobrado do bairro do Ipiranga, iria ficar também, atendo a qualquer outra pessoa ou veículo, que por acaso, estivesse nas proximidades fazendo as mesmas tarefas deles, ou mesmo observando o trabalho dos detetives.

Nestor e Branco, antes de saírem do hotel ouviram as duas ligações feitas por Jhonson, na noite anterior e gravadas pelo grampo que eles haviam instalado no quarto de Jhonson. Nas duas gravações, as conversas eram em inglês e, portanto, teriam que ser traduzidas por Gilvan, pessoa indicada por Agenor.

Antes de saírem do hotel ligaram para Gilvan, avisando-o para pegar a fita, na recepção do hotel, para ser traduzida e devolvida até o final do dia, caso não tivesse nada de importante, pois se houvesse, ele deveria passar uma telemensagem para Nestor, que iria ao seu encontro.

Logo após estacionar a "Baby", Nestor retornou ao hotel e conversou com o recepcionista, que já havia se tornado bastante amigável, devido ao tempo em que eles estavam hospedados ali e ainda, haviam indicado o hotel para Mr. Jhonson. Mediante uma gratificação, Nestor, obteve a informação que os telefonemas dados por Jhonson, na noite anterior, foram um interurbano para o Rio de Janeiro e a outra ligação, foi internacional, para a cidade de Montevidéu, no Uruguai. E ambas as ligações, foram feitas pela telefonista do hotel a pedido de Mr. Jhonson. O detetive agradeceu a colaboração do recepcionista, que ficou de colocar Nestor a par de todas as ligações feitas por Mr. Jhonson.

Por volta das 11 horas, Gilvan passou para Nestor uma telemensagem, dizendo que deixaria a fita na recepção do hotel e os assuntos tratados para o Jhonson poderiam prejudicá-los. Logo após o almoço e retornar a "Baby" para as proximidades do sobrado, Nestor foi até o hotel, para ouvir a tradução da fita deixada por Gilvan.

Na fita traduzida, Jhonson fala com um interlocutor, chamado Kurt, que pela conversa, Nestor deduziu que ele estivesse no Rio de Janeiro, que provavelmente, trabalhava no consulado. Na primeira conversa, Jhonson, repassa os detalhes que sabia até aquele momento sobre a localização de Ketlen e James, que no dia seguinte passaria mais informações. Kurt passou para Jhonson um telefone de contato e endereço do consulado americano em São Paulo, para qualquer emergência, e que o pessoal do consulado, poderia lhe ajudar e que também passaria para o Cônsul os detalhes do caso dele.

A segunda ligação feita por Jhonson, o interlocutor se chamava Danny, pelo teor da conversa longa e misteriosa, Nestor concluiu que ele deveria ser do FBI ou CIA e o mesmo estaria em Montevidéu, no Uruguai. Na conversa Jhonson e Danny, trocam informações sobre uma operação de resgate, onde o alvo provavelmente seria James, filho de Jhonson. Pois Danny pedia para ele avisar em que local James estaria e o melhor horário para a execução do resgate, usando pessoal do Brasil e do Uruguai.

Como eles não citavam o nome da suposta pessoa a ser resgatada, não ficou muito claro para Nestor se eles estavam falando realmente de James. Mas todos os indícios apontavam para ser ele a pessoa a ser resgatada e levada diretamente para Montevidéu, num avião a ser fretado por Danny no Uruguai.

O clima de mistério sobre as reais intenções de Jhonson, voltaram a preocupar Nestor, pois pelo teor das conversas, Jhonson poderia estar tramando algo ilícito e perigoso, colocando os detetives e sua equipe em apuros junto a polícia e justiça brasileira.

De imediato Nestor ligou para o Dr. Paulo Resende, na Superintendência da Polícia Federal no Rio de Janeiro, colocando-o a par de das conversas de Jhonson e do temor deles, de que algo ilícito estava para acontecer. Ligou também para o promotor Aguilar Baumgarten, repassando as mesmas informações e pedindo alguma orientação. Aguilar lhe disse para continuarem atento e caso percebessem, que algo ilícito fosse acontecer, que o avisasse com antecedência, para que ele tentasse ajudar de alguma maneira.

Nestor logo após ouvir as gravações, retornou para o local onde estavam Branco e Jhonson. Enquanto aguardava qualquer movimentação dos moradores do sobrado, para fazer o acompanhamento, ele ficou imaginando o que poderia ser feito para se prevenirem, caso Jhonson, resolvesse cometer uma loucura, com o apoio do pessoal da embaixada americana no Brasil e no Uruguai.

No meio da tarde, três mulheres acompanhadas de dois homens e cinco crianças, saíram do sobrado e foram em direção ao Parque da Independência. Uma das mulheres era Ketlen e uma das crianças era James, pois assim que passaram em frente a "Baby", foram reconhecidos por Branco e por Jhonson, que conseguiu se controlar, não denunciando a posição deles no interior da Kombi. Nestor foi acionado, seguindo o grupo numa distância segura, para não ser notado.

O grupo permaneceu no parque pouco mais de uma hora, quando retornaram para o sobrado. Ketlen demonstrava estar muito triste e deprimida, percebia-se, que os demais membros do grupo, tentavam motivá-la com brincadeiras e cantorias, mas não obtiveram muito sucesso.

Ao retornarem para o hotel, Jhonson e os detetives, não escondiam a satisfação de não terem perdido o rastro de Ketlen e James, após eles terem fugido do sítio em Magé e da casa no bairro do Jardim América. Pois até então Nestor e Branco ainda não tinham a certeza de que ela poderia estar no sobrado do Ipiranga.

Eles resolveram fazer mais um dia de campana, em frente ao sobrado, para tentarem conseguir mais algumas fotografias e só depois resolveriam o que iriam fazer em relação ao caso. Nesta noite, Jhonson fez mais algumas ligações que duraram quase uma hora cada, mas como as conversas foram em inglês os detetives quase nada conseguiram entender nas gravações, apenas um nome citado intrigou os detetives, Rebelo.

Logo cedo, os detetives deixaram na portaria do hotel, a fita com as gravações telefônicas da noite anterior, para que fossem pegas por Gilvan, com um recado para que fossem devolvidas até o meio dia.

Conforme solicitado, Gilvan deixou a fita traduzida na portaria do hotel às onze horas e passou uma mensagem para Nestor, avisando da entrega da fita. Logo após receber a mensagem Nestor correu para o hotel para ouvir a tradução das conversas de Jhonson.

As conversas telefônicas de Jhonson, na noite anterior, também foram com Kurt e com Danny, sendo que desta vez Kurt citou o nome do agente Rebelo, da Polícia Federal, que este já estava pronto para agir no resgate, assim que recebesse o sinal verde de Jhonson, e os detetives não mais estivessem na capital paulista.

Na conversa também foram detalhadas a parte operacional, do que eles chamavam de "Operação Resgate", com a vinda de um jato fretado no Uruguai, por Danny, como se estivesse a serviço da Embaixada Americana do Uruguai, o que facilitaria os trâmites burocráticos, faria um pouso no Aeroporto Santos Dumont, onde Jhonson, Kurt, Rebelo e equipe embarcariam e depois seguiria para o Aeroporto Campo de Marte, localizado na zona norte de São Paulo, onde ficaria aguardando a chegada da "encomenda". Retornando ao Rio de Janeiro, onde deixaria Kurt e a equipe de Rebelo e depois de abastecido seguiria direto para os Estados Unidos, com um abastecimento no Panamá.

Todos os detalhes foram passados de imediato para o Delegado Paulo Resende e para o promotor Aguilar, que juntos iram traçar uma estratégia para que a operação não tivesse sucesso.

Enquanto Nestor estava no hotel, um grupo de homens e mulheres saíram novamente em direção ao Parque da Independência, no grupo também estavam Ketlen e James. Branco no mesmo instante avisou a Nestor pelo rádio, pedindo para ele se dirigir ao parque e acompanhar o movimento.

Neste dia Ketlen aparentava estar um pouco mais animada, pois participava das brincadeiras e cantorias do grupo. Todos eles retornaram ao sobrado no final da tarde.

Neste dia, à noite, Jhonson, Nestor e Branco, foram jantar numa tradicional churrascaria situada nas proximidades do MASP e da Avenida Paulista, durante o jantar, Jhonson, demonstrou estar extremamente satisfeito e alegre por ter encontrado as pessoas que tanto procurava.

Depois de algumas caipirinhas, Jhonson disse aos detetives que considerava o trabalho deles encerrado, que não havia necessidade do relatório final sobre as atividades em São Paulo, que "seus" amigos iriam resolver o problema. Percebendo que tinha falado demais, Jhonson tentou consertar, dizendo que ele, o judiciário brasileiro e o Dr. Edgar, junto com os policiais brasileiros, agiriam dentro da lei.

Para isso, necessitava apenas, do endereço onde funcionava a "colônia" dos "Meninos de Deus" e as fotografias onde apareciam Ketlen e James. Pois iria para o Rio de Janeiro, no dia seguinte pela manhã e iria passar tudo para o Dr. Edgar Pestana, para ele o mais breve possível, solicitasse ao judiciário brasileiro o mandado de busca e apreensão.

E tão logo estivesse na companhia de seu filho, iria de imediato para os Estados Unidos, tocar sua vida e seus negócios, que estavam sendo conduzidos por alguns auxiliares, nos quais não tinha muita confiança, sem a sua supervisão e orientação.

Os detetives que traziam consigo as fotografias repassaram as mesmas para Jhonson, que as guardou na sua inseparável mochila. No final do jantar Jhonson, pediu para os detetives lhe apresentarem no dia seguinte os valores de todas as despesas e diárias, pois ali se encerrava o serviço para o qual foram contratados.

Na manhã seguinte, durante o café da manhã, Nestor e Branco apresentaram para Jhonson, os valores a serem ressarcidos, referente às despesas e as diárias dos detetives. Jhonson como sempre, conferiu rapidamente os valores, fez a conversão dos valores apresentados para o dólar e retirou da mochila um maço de dólares, contou e repassou para os detetives os valores cobrados, depois pegou mais dois maços da moeda americana, contendo cada um, cinco mil dólares e entregou um maço para Nestor e outro para Branco, em agradecimento pelos esforços depreendidos pelos detetives.

Eles agradeceram a Jhonson, pelos valores pagos a mais e disseram que ainda necessitavam ficar mais um dia em São Paulo, para poderem devolver a "Baby" e pagar aos auxiliares utilizados na capital paulista e aproveitariam para comprarem mais alguns equipamentos úteis nos serviços deles. Mas que no dia seguinte seguiriam de carro para o Rio e caso ele precisasse de qualquer ajuda estariam à disposição.

Claro que eles queriam um pouco mais de tempo para desmontar o grampo instalado no quarto de Jhonson e combinarem com Agenor e "Zé Formiga", um serviço extra.

Nestor e Branco, deixaram Jhonson no Aeroporto de Congonhas e foram direto para o escritório de Agenor, onde iriam confeccionar o último relatório do caso e contratar os serviços do colega paulista. No entanto fizeram questão que "Zé Formiga", ficasse a frente das campanas nos próximos dias, por terem a certeza que algo muito estranho iria acontecer no sobrado do Ipiranga e por ele já estar ambientado com o local e por saber quem eram Ketlen e James.

Para auxiliar "Zé Formiga", Agenor indicou Elmir, que trabalhava de motocicleta, o que facilitaria no acompanhamento de algum veículo, caso fosse necessário.

Nestor e Branco não podiam ficar mais tempo em São Paulo, pois já estavam na capital paulista há mais de 15 dias. Mas, ficariam acompanhado a movimentação de Jhonson e seus misteriosos interlocutores, no Rio de Janeiro e em São Paulo, através das campanas de "Zé Formiga" e Elmir. De modo a serem acionados assim que começasse a ocorrer a "Operação Resgate".

Alguns dias após terem chegado ao Rio de Janeiro os detetives tentaram contato com Jhonson, mas foram informados pelos funcionários do hotel, que ele, logo assim que chegou de São Paulo, fechou a conta no hotel e saiu com a mala e a mochila, dizendo que estava retornando para o seu país, pois tudo que tinha que fazer no Brasil já tinha sido feito.

Os detetives logo após saírem do hotel, onde Jhonson estava hospedado, se dirigiram ao escritório do Dr. Edgar Pestana, onde também foram informados que Jhonson esteve no escritório, no mesmo dia em chegou da capital paulista e disse que havia desistido da ação judicial no Brasil, que deixaria Ketlen e James viverem em paz junto à seita "Meninos de Deus". O Dr. Edgar disse que Jhonson pagou os honorários devidos e não deixou nenhum telefone de contato.

Nestor e Branco logo assim que saíram do escritório de advocacia, receberam um telemensagem de "Zé Formiga" pedindo para fazer contato com urgência. Os dois correram para o escritório e de lá ligaram para "Zé Formiga", que usou o seu jargão inicial;

- "Jair do verbo já era"........

Relatou, que Ketlen e James haviam sido "sequestrados" naquela tarde logo depois do almoço, quando saíram para caminhar no Parque da Independência. Que os autores, usavam coletes da Polícia Federal, interceptaram o grupo, na esquina da rua do sobrado, dizendo que eram da Polícia e colocaram Ketlen e James, em um veículo VW/SANTANA preto que era acompanhado de um GM/MONZA prata, saindo do local sem muita pressa. Elmir saiu em acompanhamento aos veículos e ainda não tinha dado notícias.

XV – O Resgate e a Prisão

Com a confirmação do início da "Operação Resgate", os detetives ligaram de imediato para o Dr. Paulo Resende e para Aguilar Baumgarten, que já tinham uma operação montada para desarticular e prender os autores do sequestro, caso ele realmente acontecesse.

Eles sabiam que Jhonson, ainda estava no Brasil, pois não constava nos sistemas da Polícia Federal a sua saída do país. O delegado Paulo Resende, colocou uns agentes vigiando o Aeroporto Santos Dumont, com a ajuda do pessoal do III COMAR – Comando Aéreo Regional da Aeronáutica. Ficaram sabendo que naquela manhã um jato executivo vindo do Uruguai, fez um pouso naquele aeroporto, pegou alguns passageiros e cerca de uma hora depois, seguiu viagem para o Aeroporto Campo de Marte em São Paulo. Entre os passageiros embarcados no Rio de Janeiro, estavam Jhonson, Kurt, Rebelo e mais dois policiais federais.

Pouco mais de uma hora após falarem com "Zé Formiga", os detetives receberam a telemensagem de Elmir, dizendo que os policiais e Ketlen estavam no Aeroporto da zona norte de São Paulo. Eles ligaram para o telefone fornecido por Elmir. Na conversa com ele, foi confirmada a informação enviada pela telemensagem, que o avião já estava taxiando para decolar.

Todas as informações foram repassadas de imediato para o Dr. Paulo Resende, que acionou um grupo de policiais de sua confiança e rumaram para o Aeroporto Santos Dumont, junto com um delegado e mais dois agentes da corregedoria.

O cerco ao avião executivo, vindo da capital paulista, foi montado e o pessoal do controle de tráfego aéreo, iria orientar a aeronave para logo após o pouso estacioná-la nas proximidades do III COMAR.

Quando a aeronave fez contato com controle de tráfego aéreo, os policiais foram alertados pelo pessoal da aeronáutica, todos se posicionaram em locais estratégicos de modo a não serem vistos pelos ocupantes do avião. E só depois que a aeronave estivesse com os motores desligados e as portas abertas e que eles iriam agir.

Os detetives, estavam junto com Delegado Paulo Resende, eles também estavam armados, pois possuíam porte de arma. No entanto, foram orientados pelo delegado para permanecerem numa distância segura. Pois poderia haver alguma reação por parte dos policiais federais, que estavam a bordo da aeronave, na hora da abordagem.

Os militares da aeronáutica, também estavam a postos, para qualquer eventualidade, inclusive com dois aviões de caça, que já estavam posicionados na pista da Base Aérea do Galeão, para levantarem voo em caso de uma tentativa de fuga do avião executivo.

Logo assim que o jato executivo pouso e estacionou no Aeroporto Santos Dumont, policiais federais e militares da Aeronáutica cercaram a aeronave. Os ocupantes notaram o cerco e demoraram cerca de 10 minutos para abrir a porta do avião.

Da lateral de uma das viaturas que cercavam o avião, usando um megafone, o delegado Paulo Resende, pediu para que todos os ocupantes saíssem, um a um da aeronave com as mãos para o alto.

Rebelo, chegou até a porta da aeronave e se identificou como policial federal, disse que estava armado e a serviço da Superintendência Regional de Brasília. Paulo Resende, afirmou que sabia da situação dele, mas que todos os ocupantes deveriam cumprir as suas ordens e sair com as mãos para o alto, que as armas fossem seguradas pelo cano, pois isto iria demonstrar que todos estavam acatando as ordens dele.

O Primeiro descer da aeronave, foi o piloto e depois o copiloto, que imediatamente foram algemados e levados para o interior do III COMAR. O seguinte a descer, foi Kurt, que se identificou como assessor do adido militar do consulado americano no Rio de Janeiro, este por fazer parte do corpo diplomático americano, não foi algemado, mas também, foi levado e escoltado por militares da Aeronáutica e por mais dois policiais federais ele foi colocado numa sala separada dos pilotos.

Logo após a saída de Kurt, quem desceu do avião foi Danny, que também se identificou como funcionário da embaixada americana no Uruguai. Do mesmo modo que Kurt, Danny foi colocado em outra sala da Aeronáutica.

Jhonson, desceu depois de Danny, tendo sido algemado de imediato pelos policiais federais e levado também para o interior do comando da Aeronáutica.

Todos que desceram da aeronave não estavam armados, portanto o nível de stress foi baixo. No entanto, como só restavam os policiais federais a descerem do avião os militares e os policiais, esperavam um nível de stress muito maior, temendo inclusive uma possível reação por parte deles.

Rebelo e sua equipe argumentaram, mais uma vez, que eram policiais federais, que estavam de serviço. O Dr. Paulo Resende continuou incisivo nas suas ordens, deles descerem com as mãos para o alto e com as armas seguradas pelo cano. Ressaltou ainda, que eles estavam cercados e que não deveriam reagir para evitar um mal maior para todos.

O primeiro dos policiais federais a descer do avião foi identificado como Bueno, também lotado na DPF de Brasília. O delegado da corregedoria lhe deu voz de prisão, ordenando aos policiais, que o acompanhava, que Bueno, fosse algemado e levado para uma das viaturas da Federal, que ali se encontrava. O segundo a descer e ser preso, foi o policial Campos, lotado na superintendência do Rio de Janeiro.

Rebelo se recusava a descer da aeronave, pois sabia que iria ser preso, pelos seus atos praticados em São Paulo. Ele impôs uma condição para sair do avião, era para os policiais chamassem seu advogado e um diretor do sindicato dos policiais federais. O delegado Paulo Resende, contra argumentou, que ele teria toda a garantia de seus direitos e assim que chegasse à Superintendência do DPF do Rio de Janeiro, ele teria a assistência de seu advogado e do sindicato.

No entanto, depois de quase meia hora de negociação, Rebelo se entregou, sendo algemado e levado de imediato para o prédio da Polícia Federal, na Praça Mauá.

O delegado Paulo Resende, alguns policiais federais e os dois detetives entraram no avião e viram que Ketlen e James, estavam dormindo nas poltronas, aparentemente dopados, por alguma substância que foram obrigados a beber ou lhes fora injetado. De imediato foram levados para o serviço médico da Aeronáutica onde foram medicados e restabeleceram a consciência, após alguns minutos da medicação.

Todos os presos foram levados para o DPF, inclusive os dois americanos, que possuíam passaporte diplomático, o que gerou um certo transtorno para o delegado Paulo Resende e sua equipe. Pois, após comunicarem ao consulado do Rio de Janeiro, a prisão dos dois, diversas ligações vindas da Embaixada Americana em Brasília, dos Ministérios da Justiça e das Relações Exteriores, pediam a todo instante, informações e explicações sobre a prisão dos diplomatas.

Os dois diplomatas foram ouvidos na presença do Cônsul americano no Rio de Janeiro, de um advogado e do promotor Aguilar Baumgarten. Eles negaram terem participado do sequestro de Ketlen e James, disseram apenas estavam acompanhando Mr. Jhonson Cabester, a trazer sua família para o Rio de Janeiro aonde ele, com a ex-esposa, iriam juntos ao juiz que cuidava do caso de Jhonson, no cumprimento da ordem judicial americana, fazer um acordo para a efetivação de tal ordem.

Falaram ainda, que ficaram no Aeroporto Campo de Marte, enquanto Jhonson, Rebelo e equipe foram buscar Ketlen e James, que segundo tinham sido informados, já estavam aguardando a chegada de Jhonson para levá-los ao Rio de Janeiro.

Ketlen foi ouvida também na presença de Aguilar, confirmou que fora sequestrada de maneira violenta pelos policiais federais e que Jhonson, estava em um dos veículos utilizados na ação policial. Confirmou que foram obrigados a tomarem um remédio para dormir.

Jhonson ao ser ouvido pelos policiais federais negou-se a prestar qualquer declaração, dizendo que só falaria em juízo.

Fizeram o mesmo, Rebelo, Bueno e Campos, por orientação do advogado do sindicato, que acompanhou toda a lavratura da prisão em flagrante dos policiais.

Após o seu depoimento, Ketlen concordou em conversar com Nestor e Branco. Para os detetives, ela confirmou que fora casada com Jhonson, mas que o motivo da separação entre eles foi a maneira agressiva que Jhonson lhe tratava, bem como ele fazia ameaças contra James. Por ele ter sonhos com premunições que quase sempre aconteciam.

Ainda na Polícia Federal, Ketlen ficou sabendo que Nestor e Branco, foram os profissionais contratados por Jhonson para localizá-la e que também foram eles que evitaram a concretização do sequestro dela e de James. Durante a conversa com os detetives, ela confidenciou, que James havia tido premunições no sítio em Magé e em São Paulo, onde previu o sequestro deles pelo pai. Por isso, ela andou, um tempo triste e deprimida em São Paulo.

XVI – Caso Encerrado

Alguns meses após a prisão de todos os envolvidos, no sequestro de Ketlen e James, os dois detetives, tomaram conhecimento, que os diplomatas foram convidados e saírem do país e foram proibidos de retornar ao Brasil.

Jhonson Cabester, foi condenado a dez anos de reclusão em regime fechado. Os policiais federais, também foram condenados e dez anos de prisão, com a perda função, tendo sido expulsos da DPF.

Ketlen e James, retornaram para o sítio em Magé. Onde, segundo Ketlen, James era tratado como o novo "Profeta", ou seja, um emissário de Deus.

Nestor, Branco e sua equipe retomaram as atividades normais do escritório. Sendo que David, ficou noivo de Rosalina e estavam pensando em casar. Ela continuava trabalhando ainda na "Colônia" dos "Meninos de Deus", no bairro do Jardim América, até concluir o curso de detetive particular e sonhava em participar da equipe dos detetives.

Com o encerramento do caso, contratado por Jhonson, para localizar Ketlen e James, que para Nestor e Branco, culminou com a efetiva localização das pessoas, mas com um desfecho jamais imaginado pelos detetives.

Para premiar o êxito alcançado, Nestor e Branco dividiram com seus auxiliares diretos, a gratificação recebida de Jhonson, em São Paulo.

Fizeram também, um almoço de confraternização com todos os seus auxiliares e colaboradores no restaurante do Clube da Aeronáutica, localizado ao lado do III COMAR, onde Nestor e Branco eram sócios. Durante o almoço os detetives agradeceram a colaboração e empenho de todos, em especial de seus auxiliares diretos, fizeram também agradecimentos diferenciados ao promotor Aguilar Baumgarten, ao inspetor Reinaldo e principalmente ao delegado Paulo Resende.

Foi uma tarde alegre, aonde todos puderam relaxar e rir muito dos erros e percalços daquele serviço, Nestor e Branco durante o almoço declararam num brinde com todos os presentes, CASO ENCERRADO!

Lindoberto Ribeiro